Elfriede Hammerl • Der Hund hat recht

Elfriede Hammerl

DER HUND HAT RECHT

Ein Dialog

KREMAYR & SCHERIAU

Für
Otto, Kuno, Emil,
Pusspuss, Tacitus
und Tizian

Glaub nicht, dass ich dir einen Heiligenschein verpasse!, sagte der Hund.

Wieso sollte ich das glauben?, fragte ich.

Ich habe meine Befürchtungen.

Warum?

Weil du mich aus dem Tierheim geholt hast. Bestimmt hältst du das für eine gute Tat.

Ist doch eine, oder?

Ich werde nicht dankbar sein. Mach dir keine falschen Hoffnungen.

Aber Hunde sehnen sich danach, dankbar und anhänglich zu sein. Hunde brauchen einen Menschen, dem sie anhängen dürfen, und wenn sie ihn gefunden haben, sind sie dankbar.

Ich habe dich nicht gefunden. Du hast mich gefunden.

Dann sei halt nicht dankbar. Mir doch wurscht.

Eben nicht. Es ist dir nicht wurscht. Wenn du nicht so ein Weichei wärst, hättest du dir für teures Geld einen Rasseflocki gekauft. Mit Stammbaum und so.

Ich habe nichts übrig für Stammbäume.

Das meine ich. Du bist scharf auf einen Heiligenschein. Weil du dir nichts aus Stammbäumen machst. Weil du dir einen Hund aus einem Tierheim geholt hast. Weil du so ein guter Mensch bist. Ha! Ich bevorzuge übrigens den Ausdruck Boarding House.

Was?

Boarding House. Statt Tierheim.

Warum?

Darum.

Boarding House klingt keine Spur besser als Tierheim, falls du das meinst.

Alles klingt besser als Tierheim, du Mensch.

Du musst jedenfalls zugeben, hier ist es schöner.

Schöner als wo?

Schöner als im Tier-… Boarding Heim.

House.

Haus.

House. Nicht Haus. House. Dein accent is terrible.

Woher willst du das wissen?

Ich weiß, wie echtes Englisch klingt. Ich habe dort gelebt. In England.

Wann?

Früher.

Warum?

Es hat sich so ergeben.

Und wieso bist du jetzt da?

Du stellst zu viele Fragen.

Ja, und? Willst du mich deswegen umnieten? Bist du von der Mafia?

Man macht keine Scherze mit der Mafia.

Ich scherze mit dir, nicht mit der Mafia.

Ich bin humorlos. Wie die Mafia.

Denkst du eigentlich, du bist mir überlegen?

Ich denke das nicht nur. Ich bin es.

Und zwar in welcher Hinsicht?

In jeder.

Wie begründest du das?

Du bist ein Mensch.

Menschen sind Tieren unterlegen?

Ihr habt keinen guten Ruf bei uns. Glaube nicht, ihr hättet einen guten Ruf.

Dafür, dass ihr uns überlegen seid, müsst ihr euch aber ganz schön viel gefallen lassen von uns.

Wir sind euch MORALISCH überlegen.

Unsinn. Ihr habt keine Moral. Die Moral haben wir erfunden.

Und wir praktizieren sie.

Unsinn. Bei euch herrscht Hauen und Stechen.

Ja, aber nicht aus Unmoral. Wir folgen unseren Trieben. Wir sind nie bewusst böse.

Sag ich doch. Ihr habt keine Moral.

Doch, weil wir nie bewusst böse sind.

Weil ihr das nicht könnt. Ihr seid auch nicht bewusst gut.

Ich könnte dich längst gebissen haben. Ich habe es nicht getan. Wie nennst du das?

Wie kommt es, dass du so unhündisch bist?

Ich bin nicht unhündisch. Ich bin nur nicht so, wie du meinst, dass ein Hund sein müsste.

Was ich meine, ist, dass du dich aufführst wie eine Katze. Katzen sind bossy. Hunde nicht. Nicht gegenüber Menschen.

Einige meiner besten Freunde sind Katzen.

Du meinst, du hast von ihnen gelernt?

Kann sein.

Du bist eine verkappte Katze?

Du stellst zu viele Fragen.

Scusa, Don Canegatto.

Jetzt im Ernst: In den Kofferraum?
Auf die Ladefläche. Das ist eine Ladefläche.
Möchtest du mich demütigen?
Möchtest du fahren?
Ich bin keine Ladung!
Sondern?
Ein Passagier.
Und?
Rückbank.
Du möchtest auf die Rückbank?
Yes, driver.
Und wenn ich noch andere Passagiere mitnehmen will?
Biete ihnen die Ladefläche an.
Du bist unverschämt.
Ich weise darauf hin, dass mir auf Ladeflächen übel wird.
Und auf Rückbänken nicht?
Wir können es ausprobieren. Du wirst not amused sein.
Das bin ich jetzt schon nicht.

Ein Korb? Im Ernst?

Er ist gepolstert. Er ist geräumig.

Er ist ein Korb. Es ist ein Korb.

Und?

Bett.

Der Korb ist ein Hundebett.

Sehe ich nicht so.

Ich teile mein Bett sicher nicht mit einem Hund.

Nimm den Korb. Er ist geräumig. Und gepolstert.

Jetzt reicht's. Morgen gehen wir in die Hundeschule.

Fein. Wird Zeit, dass du etwas lernst.

Im Ernst? Kein Schinken für mich?

Zu salzig. Ich achte auf deine Gesundheit.

Und ich auf deine. Ich sage nur: Salz, Phosphate, Transglutaminase.

Trans-was?

Du willst es nicht wissen. Aber du solltest es auch nicht essen.

Du schon?

Wenn ich dich dadurch retten kann.

Hör auf. Es ist beleidigend, für wie blöd du mich hältst.

Gut. Dann Klartext. Lass Schinken rüberwachsen oder du wirst dich über mein viergestrichenes C wundern.

Viergestrichen gibt's nicht.

Willst du es auf einen Wahrheitsbeweis ankommen lassen? Deine Nachbarn sind lärmempfindlich, vergiss das nicht.

Sitz!

Wie bitte?

Sitz!

Warum sagst du das?

Weil du sitzen sollst.

Du sprichst mit mir in diesem Ton?

Ja.

Dieser Ton gefällt mir nicht.

Das sagt man aber so, wenn man will, dass ein Hund sich setzt.

Wer ist man?

Hundebesitzer und -innen.

Du hältst dich für meine Besitzerin?

Sagen wir es so: Ich bin dein Frauerl. Frauchen auf deutschdeutsch.

Hä?

Ich bin die Person, die dich durchfüttert und mit dir lebt. Unter Personen, die mit Hunden leben, heißen Personen wie ich „das Frauchen". Das kann dir doch nicht entgangen sein.

Du bist eine kleine Frau?

Nein –

An und für sich bist du eine große Frau, aber mit mir zusammen wirst du zum Frauchen?

So habe ich es noch nie betrachtet. Ja, komisch. Gemeint ist ja eigentlich die Herrin. Obwohl ... Der männliche Hundehalter heißt Herrl. Herrchen. Auch nur ein kleiner Herr.

Die Sprache gibt dir vor, dass du bloß eine kleine Frau bist, die Taschenversion einer Herrin sozusagen, aber du denkst, du kannst mich herumkommandieren?

Ich sage dir nur, was notwendig ist. Zu deiner Sicherheit.

In diesem Ton?

Kurz, knapp, klar. Ja. Soll ich säuseln: Mein Lieber, hättest du vielleicht die außerordentliche Güte, dich zu setzen?

Das ist sehr artig gefragt, aber: Nein.

Was: Nein?

Nein, ich möchte mich nicht setzen.

Ich frage dich nicht wirklich. Ich will, dass du dich setzt.

Warum?

Stell dir vor, du läufst auf eine befahrene Straße zu und ich flöte, ob du eventuell freundlicherweise stehen bleiben würdest –

Ja, und?

Ich schreie lieber: Stopp!, bevor dir ein Auto über die Pfoten fährt. Aber dazu musst du wissen, was Stopp bedeutet.

Ich weiß das, denkst du, ich bin blöd?

Ich meine damit, du musst bei „Stopp!" reflexartig stehen bleiben. Und diese Reflexe müssen wir trainieren. Also: Sitz!

Wenn ich mich jetzt reflexartig hinsetze, bin ich vor Autos geschützt? Ich möchte ja nicht spoilern, aber meiner Meinung nach liegt das eher daran, dass wir im Wohnzimmer sind.

Es gibt unterschiedliche Befehle für unterschiedliche Situationen. Also: Sitz endlich!

Ich erkenne gerade keine Situation, die es erfordert, dass ich mich setze, obwohl ich nicht sitzen möchte.

Wir üben!

Was? Blinden Gehorsam?

Ja.

Das lehne ich ab.

Du bist ein Hund. Du kannst nicht unentwegt dein Naturell verleugnen.

Das ist unfair.

Was?

Dass du mir mit meiner Hundenatur kommst. Du weißt, dass ich meine Schwierigkeiten damit habe. Und jetzt verwendest du sie wieder einmal gegen mich.

Ich möchte doch nur –

Ich bin sehr kooperativ. Du kannst dich nicht beklagen. Aber ob ich mich setze, entscheide ich.

Du entscheidest doch immerzu alles. Ich weiß nicht, was du unter Kooperation verstehst.

Na, genau das.

Dass du im Alleingang entscheidest, ist Kooperation?

Du drückst das irgendwie fragwürdig aus.

Es IST fragwürdig. Noch einmal: Was ich sage, ist zu deinem Besten. Glaube mir. Platz!

Was soll das schon wieder?

Bei „Platz!" musst du dich auf den Boden legen.

Wenn ich mich auf den Boden lege, fahren die Autos über mich drüber.

Ich sage doch nicht auf einer Kreuzung „Platz!" zu dir.

Das ist alles sehr verwirrend. Ich bin nur ein einfacher Hund von der Straße, mir ist das zu kompliziert.

Ist es nicht! Reiß dich zusammen.

Der nächste Schritt sind dann wohl Kunststücke. Wenn ich scharf darauf gewesen wäre, Kunststücke einzustudieren, hätte ich eine Karriere beim Zirkus machen können. Aber ich habe das aus gutem Grund abgelehnt.

Ach ja, aus welchem denn?

Ich wollte meine Würde bewahren.

Ich möchte eh keine Kunststücke mit dir einstudieren.

Du möchtest, dass ich würdelos auf den Popsch plumpse, wenn du „Sitz!" krähst.

Du kannst dich auch elegant hinsetzen.

Apropos: Ich mache dir einen Kompromissvorschlag.

Und zwar?

Vielleicht klingt dieser ganze Befehlsunfug eleganter in einer Fremdsprache?

Von mir aus. Englisch?

Okay. Aber du musst an deinem Akzent feilen.

Was machst du da?

Ich arbeite.

Was?

Na ja, wie erkläre ich dir das? Es geht dabei um –

Stopp, stopp! Gleich falle ich narkotisiert vom Stuhl.

Von welchem Stuhl?

Das war metaphorisch gemeint. Ich möchte keine langweiligen Erklärungen über deinen langweiligen Job.

Sondern?

Wissen, was du hier gerade machst.

Wie schon gesagt: Ich arbeite.

Müsstest du dazu nicht erst einmal an einen Arbeitsplatz gehen?

Ich bin schon an meinem Arbeitsplatz. Home Office. So nennt man das.

Wir gehen nicht hinaus?

Jetzt nicht. Nein.

Aber ich dachte, wir gehen hinaus.

Dann hast du eben falsch gedacht.

Das ist unseriös. Du hast falsche Erwartungen in mir geweckt.

Inwiefern?

Du bist vom Tisch aufgestanden. Du hast dein Frühstücksgeschirr weggeräumt.

Ja, und?

Und ich dachte, wir gehen hinaus.

Musst du pinkeln? Schon wieder?

Nein, ich bin doch kein undichter Greis. Ich will einfach nur hinaus. Mich bewegen. Ich brauche Bewegung.

Jetzt nicht.

Wie willst du das wissen? Du weißt besser als ich, was ich brauche?

Nein. Aber du musst dich gedulden.

Was heißt das?

Du musst warten. Ich arbeite. Du wartest.

Ich soll hier untätig herumliegen? Kopf auf den Pfoten oder was? Ergeben wie ein Hund?

Du bist ein Hund.

Und deswegen solltest du jetzt einen Hundespaziergang mit mir machen. Ich brauche Anregungen. Du weißt schon, Mitteilungen riechen, Messages absetzen.

Keine Zeit.

Wieso nimmst du dir einen Hund, wenn du keine Zeit für ihn hast? Das ist unverantwortlich.

Ich hab doch Zeit für dich. Aber nicht ununterbrochen.

Und das ist ein Fehler. Ich brauche deine Aufmerksamkeit.

Achtundvierzig Stunden am Tag? Zweihundert Prozent?

Deine Zahlenspiele beeindrucken mich nicht.

Ich arbeite, um uns zu ernähren.

Mimimi, gleich heule ich los. Was nimmst du dir einen Hund, wenn du es dir nicht leisten kannst, für ihn da zu sein?

Okay, ich bringe dich zurück.

Wohin?

Ins Tier- ..., Boarding-..., du weißt schon.

Das schaffst du nie. Du kannst es nicht einmal aussprechen.

Na und?

Wenn du ein Kind hättest –

Ich habe ein Kind.

Wo?

Woanders. Es ist erwachsen.

Hast du deinem Kind auch gedroht, du steckst es in ein Heim, sobald es was von dir wollte? Ich frage ja nur.

Klar. Ich war eine grausame, herzlose Mutter.

Und? Keine Reue?

Nein. Außerdem hab ich dich nicht an Kindes statt angenommen.

Echt? Ich glaube, dass du mich gerade sehr verletzt hast.

Ja, ja.

Du weißt, dass du das nicht auf die leichte Schulter nehmen kannst.

Wieso?

Siehst du diesen Blick?

Diesen – oh.

Genau. Schau mich an.

Nein. Nicht diesen – Hundeblick. Diesen todtraurigen, herzzerreißenden Vorwurfsblick. Bitte.

Gehen wir jetzt hinaus?

Na gut. Aber nur kurz.

Nur kurz. Sowieso.

Also, was machst du eigentlich so in deinem Home Office?

Ich schreibe.

An wen?

Nicht an wen. Ich schreibe einfach.

Was?

Geschichten.

Was für Geschichten?

Ach, alles Mögliche.

Du schreibst alles, was möglich ist? Klingt ein bisschen, als würdest du dich übernehmen.

Nein, ich schreibe Geschichten über alle möglichen Menschen.

Was für Menschen?

Erfundene.

Du erfindest Menschen?

Ja.

Wozu?

Weil andere Menschen an meinen erfundenen Menschen interessiert sind.

Erfundene Menschen?

Nein, echte Menschen.

Echte Menschen sind an deinen Geschichten über erfundene Menschen interessiert?

Ja.

Was erzählst du da so?

Ich schreibe, was die erfundenen Menschen alles erleben.

Das machst du also: Du erfindest Leben?

Genau.

Und das ist dein Leben?

Wie bitte?

Dein Leben besteht daraus, andere Leben zu erfinden?

Na ja: Ja.

Möchtest du nicht lieber was erleben?

Ach … Erleben liegt mir nicht so.

Hab ich mir gedacht.

Ah ja?

Ja. Erleben ist riskanter als erfinden. Du bist nicht risikofreudig.

Ich bin keine Abenteurernatur. Das stimmt. Und weißt du, warum? Ich bin zu intelligent.

Äh … Wofür genau?

Um mich in Abenteuer zu stürzen. Ich sehe die Folgen ab.

Du glaubst nicht an dein Glück.

Glück hat man nicht, weil man daran glaubt. Glück hat man, weil man Glück hat. Wenn man Glück hat.

Hasenherz. Beckenrandschwimmerin. Am Beckenrand schwimmendes, warm duschendes Hasenherz.

Ach komm. Das wissen wir doch schon.

Herbert! Was bringt dich auf die Idee, ich würde Herbert heißen wollen?

Irgendwie musst du doch heißen.

Muss ich nicht.

Wie soll ich dich rufen? Ohne Namen.

Ruf mich nicht. Was erwartest du dir, wenn du mich rufst?

Dass du kommst?

Wenn du Herbert rufst, soll ich kommen?

Wenn ich deinen Namen rufe. Welcher Name schwebt dir denn vor?

Ich bin ein Hund. Mir schweben keine Namen vor.

Genau. Deswegen gebe ich dir einen.

Aber: Herbert!

Rolfi! Bello! Bonzo!

Um Gottes willen.

Charly! Rocky! Flocki!

Sicher nicht!

Fluffi! Schnuffi! Xerxes!

Woher hast du die? Aus dem Lexikon des Grauens?

Aus dem Internet. Beliebte Hundenamen.

Beliebt bei Menschen.

Ja. Für Hunde.

Der übliche Anthropozentrismus. Immer glaubt ihr, ihr steht im Mittelpunkt. Ärgerlich.

Ich finde Herbert nett.

Das ist keine Entschuldigung.

Nein. Ein Angebot.

Von mir aus. Besser als Rocky. Definitiv.

Und? Wirst du auf Herbert hören?

Ich werde mich angesprochen fühlen. Von mir aus.

Wirst du auch kommen?

Übertreib's nicht.

Das ist ein Huhn! Was hast du von mir erwartet?

Dass du es in Ruhe lässt?

Du weißt doch, wie das ist, wenn der Jagdtrieb mit einem durchgeht.

Nein, weiß ich nicht.

Kein Wunder, dass du es zu nichts bringst.

Du bist doch kein Jagdhund! Bist du ein Jagdhund?

Unter anderem.

Na bravo.

Was hast du dir vorgestellt? Dass ich zum Tempelhündchen tauge?

Wie wär's mit Hirtenhund?

Speichellecker. Wollen sich einschleimen. Kontrollfreaks. Nach oben buckeln, nach unten treten.

Therapiehund?

Das sowieso. Was denkst du, was ich für dich bin?

Begleithund?

Ich begleite dich ja.

Es sei denn, du jagst ein Huhn.

Ich bin multitasking.

Also ich hätte gern ein Tempelhündchen.

Sentimentales Geschwätz.

Aber vor allem möchte ich, dass du Hühner in Ruhe lässt.

Sonst?

Leine.

Na klar, Drohung mit schwerem Geschütz. War zu erwarten. Das ist so was von ekelhaft.

Du kannst nicht allein bleiben?

Ich WILL nicht allein bleiben.

Warum?

Weil ich mich langweile.

Wenn ich daheim bin und arbeite, langweilst du dich doch auch.

Schlimm genug. Und dann soll ich mich auch noch allein langweilen? Hältst du das für einen Ausgleich oder was?

Ich kann dich nicht immer mitnehmen.

Warum nicht?

Es gibt Wege … Ich meine, du darfst nicht überall hinein.

Wo ich nicht hineindarf, solltest du auch nicht hineingehen. Das nennt man Solidarität.

Ich muss aber auf die Bank.

Schon mal was von Internetbanking gehört?

Im Internet kann ich kein Bargeld abheben.

Bargeld ist out.

Für mich nicht. Und für meine Putzfrau auch nicht.

Arbeitet sie schwarz?

Das geht dich nichts an.

Also ja.

Diese Debatte führe ich gerade nicht.

Jedenfalls: Ich kann doch draußen warten, während du in der Bank bist.

Du kannst aber nicht draußen warten, wenn ich, sagen wir, in einem Restaurant bin.

Niemand sagt, dass du in Restaurants gehen musst.

Jetzt reicht's, verdammt! Du kannst ein paar Stunden allein bleiben und basta!

Du hast doch gesehen, dass ich es nicht kann. Oder vielmehr: Deine Nachbarn haben es gehört.

Das ist Erpressung.

Ja, und? Meine Liebe, da, wo ich herkomme, ist Erpressung an der Tagesordnung.

Das ist doch lächerlich. Ein hartgesottener Bursche wie du und heult die Tonleiter rauf und runter, wenn er einmal zwei Stunden eingesperrt ist.

Du hast das Schlüsselwort gesagt: eingesperrt. Ich kann es nicht ertragen, eingesperrt zu sein. Retraumatisierung, wenn du verstehst, was ich meine.

Dann betrachte es nicht als Eingesperrtsein. Denk dir einfach, du bist geborgen in einer gemütlichen Wohnung statt irgendwo draußen auf der unwirtlichen Straße. Was du ja auch bist.

Aber allein.

Liebst du mich so sehr, dass du es nicht erträgst, getrennt von mir zu sein?

Wenn es dir weiterhilft.

Das war ironisch gefragt.

Aber doch mit einer kleinen Hoffnung, dass es zutrifft. Sei ehrlich.

Und?

Was willst du jetzt hören? Rückgratlose Liebesbeteuerungen?

Ja, warum nicht?

Und dann muss ich nie mehr allein zu Hause bleiben?

Das … äh, kann ich nicht versprechen. Versteh mich doch.

Liebe UND Verständnis? Was nicht noch?

Gehorsam.

GEHOR–??? In welchem Jahrhundert lebst du?

Aber du bist ein Hund!

Wer Hunde unterdrückt, unterdrückt auch Menschen.

Das ist ein ganz blöder Spruch.

Sprüche müssen nicht klug sein, um geglaubt zu werden.

Ich muss aber weg. Was mache ich jetzt mit dir?

Schon mal an Bestechung gedacht?

Schinken? Kauknochen? Hundekekse?

Zum Beispiel.

Du warst lästig.

Was soll das heißen?

Das waren meine Gäste. Aber du hast dich unentwegt dazwischengedrängt.

Irgendjemand musste die Leute doch unterhalten. Du hast es nicht getan.

Aber du!

Ja, sicher.

Indem du ihnen dein vollgesabbertes Balli gebracht und sie gezwungen hast, es zu werfen? Das nennst du Unterhaltung?

Sie haben gelacht.

Aus Höflichkeit. Mir gegenüber.

Wenn ich nicht mit ihnen gespielt hätte, wärt ihr bloß herumgesessen.

Ja, das ist unsere Vorstellung von Geselligkeit.

Eine trostlose Vorstellung.

Also, fürs nächste Mal: Eingespeicheltes Hundespielzeug ist nichts, was Menschen gerne angreifen.

Wozu schenkst du mir dann Bälle? Damit ich sie mir selber werfe? Außerdem verwahre ich mich gegen Worte wie „vollgesabbert". Das ist diskriminierend. Und sag nicht Balli. Ein Ball ist ein Ball. Ich bin kein Idiot.

Bisschen viele Regeln auf einmal.

Du wirst sie dir merken können.

Okay, jetzt kommt eine Regel von mir: Kein Ballwerfen in meiner Wohnung.

Warum?

Sie ist zu klein. Bälle wirft man im Freien.

Gib eine Gartenparty.

In welchem Garten?

Sind jede Menge Gärten rundherum.

Keiner davon gehört mir.

Gärten müssen einem gehören?

Wenn man darin Bälle werfen will: Ja.

Ich dachte, die Natur gehört allen.

Nein, wir haben die Natur aufgeteilt.

Ihr. Wir nicht.

Ich bitte dich, Tiere haben doch auch Reviere. Du pinkelst dir die Seele aus dem Leib, um dein Revier zu markieren. Oder das, was du für dein Revier hältst.

Aber wir errichten keine Zäune.

Doch. Ihr errichtet Pinkelzäune. Quasi.

Manchmal gehst du mir ganz schön auf die Nerven.

Natürlich ist die Vorstellung deprimierend, dass der Territorialkampf jedem Lebewesen mehr oder weniger einprogrammiert ist –

Vor allem ist es traurig, wie schlecht du dabei abschneidest.

Wer sagt, dass ich schlecht abschneide?

Hast du einen Garten?

Verdammt, wieso?

Ich dachte, du freust dich, dass ich wieder da bin. Aber du fluchst.

Ich habe mir Sorgen gemacht!

Dann freu dich jetzt. Sie waren grundlos.

Wieso bist du abgehauen?

Weil ich es konnte.

Hätte ich dich anbinden sollen?

Wäre vielleicht besser gewesen.

Ich habe dir vertraut.

Wieso vertraust du darauf, dass ein Hund, den du vor dem Supermarkt nicht anbindest, vor dem Supermarkt sitzen bleibt?

Ich dachte, ich könnte mich auf dich verlassen.

Und warum?

Weil … Weil wir Freunde sind?

Ich sehe den Zusammenhang nicht.

Das finde ich traurig.

Also, du sagst, du hast gedacht, dass du dich auf mich verlassen kannst. Beziehungsweise darauf, dass ich vor dem Supermarkt sitzen bleibe, obwohl du mich nicht angehängt hast.

Richtig.

Aber warum hast du das gedacht? Hattest du Hinweise, dass diese Annahme berechtigt war?

Ich habe geglaubt –

Ja, ja, Freunde und so, papperlapapp. Du hattest keine Hinweise! Oder vielmehr hattest du Hinweise, und zwar aufs Gegenteil.

Inwiefern?

Wo hast du mich gefunden? Ich meine gefunden, bevor du mich mit nach Hause genommen hast?

In einem Boarding …

Sag ruhig Tierheim.

Okay, Tierheim. Und?

Kennst du die Fabel vom Frosch und vom Skorpion?

Na klar. Der Frosch und der Skorpion ersaufen beide, weil der Skorpion den Frosch in der Mitte des Flusses sticht. Obwohl er weiß, dass das auch sein Untergang ist. Meinst du das?

Genau. Und was sagt der Skorpion, als der Frosch ihn fragt, warum er das tut?

Er sagt: Ich bin ein Skorpion.

Genau. Da hast du's.

Da hab ich was?

Die Erklärung.

Du bist ein Skorpion?

Ich bin ein Streuner. Wer landet in einem Tierheim? Ein Streuner.

Ja, und?

Streuner müssen streunen. Von Zeit zu Zeit.

Ich dachte, Streuner streunen, weil sie kein Zuhause haben, und sie tun das so lange, bis sie ein Zuhause gefunden haben.

Manche. Das sind die falschen. Die richtigen brauchen das Abenteuer. Folgen dem Ruf der Landstraße. Von Zeit zu Zeit.

Du willst mich verlassen?

Nein. Wäre ich sonst zurückgekommen?

Aber?

Ich bleibe bei dir, aber ich brauche meinen Freiraum.

Ich kenne diesen Spruch. Und ich kann nicht sagen, dass ich ihn mag.

Du kannst mich nicht besitzen.

Ich will dich nicht besitzen. Ich habe mir Sorgen um dich gemacht.

Ich kenne diesen Spruch. Und ich kann nicht sagen, dass ich ihn mag.

In Zukunft binde ich dich an.

Na klar. Du gehst immer den leichtesten Weg.

Richtig. Und weißt du, warum? Weil ich null Bock darauf habe, mir das Leben so schwer wie möglich zu machen.

Andere suchen Herausforderungen.

Ich habe DICH gesucht, das reicht. Einen Tag und eine Nacht hab ich dich gesucht! Überfahren habe ich dich gesehen. Verletzt. Eingesperrt in einen Keller.

Sei nicht so melodramatisch. Du siehst doch, dass mir nichts passiert ist. Was machst du?

Ich ziehe mich um.

Das sehe ich. Wozu?

Ich gehe was trinken.

Okay, wohin gehen wir?

Nicht wir. Ich. Ich gehe was trinken und du bleibst da.

Das kannst du nicht machen! Du weißt, wie sehr ich es hasse, allein daheim zu sein.

Ja. Sorry. Ich brauche meinen Freiraum.

Er hat mich provoziert.

Wodurch?

Durch sein Auftreten.

Er hat doch überhaupt nichts getan.

Du verstehst das nicht.

Und er war viel größer als du.

Na ja, wie man's nimmt. Definiere „viel".

Deutlich größer.

Vielleicht. Deutlich etwas größer.

Er hat dich durch seine Größe provoziert?

Du verstehst das nicht.

Aber das war doch ausgesprochen dumm. Sich mit einem anzulegen, der viel größer ist.

Das war Mut.

Nein, das war dumme Angriffslust. Dumme, unsympathische Angriffslust.

Angriff ist die beste Verteidigung.

Du musstest dich aber doch gar nicht verteidigen.

Woher willst du das wissen?

Du hast angefangen.

Es hätte gut sein können, dass er angefangen hätte.

Hat er aber nicht.

Ja, weil ich schneller war. Man nennt das Präventivschlag.

Es gab nichts zu verhindern.

Sagst du.

Du machst mich wahnsinnig! Du hattest Glück, dass der so gutmütig war.

Ich bitte dich! ICH war gutmütig. Du solltest mich mal erleben, wenn ich es ernst meine.

Nein, das möchte ich nicht erleben! Und ich warne dich: Noch einmal so eine blöde Machonummer und du landest wieder im Boarding House!

Jetzt reg dich doch ab. Ist ja nix passiert.

Ja, weil der andere gutmütig war.

Du hast einfach keine Ahnung. Man muss sich in der Welt behaupten.

So fangen Kriege an. Weil irgendwelche Trottel glauben, dass sie es der Welt zeigen müssen.

Na ja. Die Welt ist eben kein friedlicher Ort.

Deswegen! Aber sie könnte einer sein.

Träum weiter.

Ich bin friedlich. Du bist friedlich! In Zukunft jedenfalls. Das ist der Deal.

Eine Frage –

Ja?

Es regt dich auf, wenn ich mich auf Größere stürze. Verstanden. Was ist mit Kleineren?

Das würde mich erst recht aufregen.

Die können ganz schön bissig sein. Ich sag es nur.

Können. Müssen aber nicht.

Und wenn mich einer beißt?

Na ja, du darfst dich verteidigen. Wenn's gar nicht anders geht. Aber ausweichen wäre besser.

Wie langweilig! Warum legst du dir eigentlich keinen Plüschhund zu?

Ja, das frage ich mich auch.

Er wollte doch nur spielen!

In meinem Alter spielt man nicht.

Seit wann?

Seit soeben.

Er ist doch süß. Ein süßer kleiner Welpe.

Er hat ein Designerhalsband.

Ja, und?

Verwöhntes Balg.

Bist du neidisch?

Nein. Ich mag bloß keine verwöhnten Bälger.

Weil das Leben so hart zu dir war?

Vielleicht.

Aber er kann doch nichts dafür.

Kein Grund, ihn zu mögen.

Sei nicht so verbittert.

Ich bin realistisch. Bestimmt wird er eine arrogante Drecksau. Ich kenne das.

Du könntest einen positiven Einfluss auf ihn haben. Du könntest ein Role Model für ihn sein.

Wozu? Mir doch egal, wenn er eine arrogante Drecksau wird.

Mir nicht. Die Frau, zu der er gehört, ist eine Freundin von mir.

Ach so. Du willst dich einschleimen.

So würde ich es nicht nennen.

Du willst, dass ich mich für dich einschleime.

Es wäre mir recht, wenn du freundlich zu ihrem süßen kleinen Welpen wärst.

Süßer kleiner Welpe! Du solltest dir einmal zuhören. Die Ohren könnten einem abfallen. Findest du Designerhalsbänder nicht blöd?

Möchtest du eins?

Bist du verrückt? Will ich ausschauen wie Paris Hiltons Pinscher?

Na ja. Ich frage dich.

Wenn du mich schon fragst: Ich hätte gern was mit Nieten und Stacheln. Du weißt schon. So in Richtung Punk. Oder Gothic.

Bist du verrückt? Ich geh doch nicht mit einem Zuhälterhund durch die Gegend.

Warum fragst du mich dann, was ich gern hätte?

Ich habe eine sozial verträgliche Antwort erwartet.

Du hast erwartet, dass ich mir ein Halsband mit Strassbesatz wünsche? Und ein Hundemäntelchen im Burberry-Look?

Burberry wäre stylish.

Aber ich trage keine Mäntel.

Ja. Ist mir eh lieber.

Siehst du. Diese Frau, bei der ich mich einschleimen soll, die kommt mir übrigens auch wie ein verwöhntes Balg vor.

Na ja, sie muss sich nie vor der nächsten Heizungsrechnung fürchten. Und sie hat eine begehbare Garderobe, die ist größer als mein Wohnzimmer.

Aber du magst sie?

Ja.

Und du bist nie neidisch?

Manchmal. Wenn ich mich gerade vor der nächsten Heizungsrechnung fürchte.

Warum triffst du sie?

Sie ist klug. Sie ist unterhaltsam. Wir reden nicht über Heizungsrechnungen. Und sie ist ja auch nicht durch Straßenraub zu ihrem Geld gekommen.

Aber sie hat mehr davon als du.

Ja.

Gibt sie dir was ab?

Nein.

Warum willst du dann, dass ich mich mit ihrem verzogenen Fuzzi abgebe?

Es geht hier doch nicht um eine Kosten-Nutzen-Rechnung.

Für mich schon. Ich mache nicht den Babysitter, wenn dabei nichts für uns herausschaut.

Sagst du das, weil ich dir leidtue?

Ich sage das, weil ich keine Lust habe, den süßen kleinen Welpen mit seinem Luxushalsschmuck zu entertainen. Punkt.

Im Ernst: ein Weihnachtsbaum? Du bestehst auf einem Weihnachtsbaum?

Ich bevorzuge den Ausdruck Christmas Tree.

Ah ja, deine anglophile Ader.

Du sagst das sarkastisch?

Äh – möglicherweise.

Warum? Machst du dich lustig über meine Weltläufigkeit?

Nein, nein, natürlich nicht.

Ein bisschen Horizonterweiterung würde dir nicht schaden.

Da hast du sicher recht. Also, Christmas Tree. Denkst du auch an Socken über dem Kamin und so? Dann müsste ich dich darauf hinweisen, dass ich keinen offenen Kamin habe, falls es dir noch nicht aufgefallen ist.

Wir wollen es nicht übertreiben.

Das erleichtert mich. Was verbindest du denn mit Weihnachten? Bist du religiös?

Traditionsbewusst.

Ah ja. Hab ich vergessen. Mafiosi legen Wert auf Traditionen.

Das hast du aus dem Kino.

Woher sonst? Im Übrigen pflege auch ich meine Weihnachts-

traditionen: Christkind statt Weihnachtsmann. Bescherung am Heiligen Abend und nicht am Fünfundzwanzigsten vormittags. Fisch statt Turkey. Nur damit du's weißt.

Du wolltest den Christmas Tree weglassen. Das Wichtigste überhaupt.

Na ja, ich dachte an ein paar Tannenzweige in einer Vase. Schließlich habe ich keine kleinen Kinder mehr.

Du glaubst, weil ich von der Straße komme, verdiene ich keinen Baum?

Nein, aber du bist doch sonst so unsentimental.

Du findest es sentimental, Weihnachten zu feiern?

Wenn du nicht religiös bist, ist es eine Sentimentalität.

Weil ich nicht religiös bin, sage ich: Weihnachtsmann statt Christkind.

Kommt nicht infrage. Ich mache mir nichts aus dicken, bärtigen alten Männern. Meine Geschenke bringt das süße, goldlockige Christkind, das in einem weißen Kleidchen durch die Nacht flattert.

Kinderarbeit.

Na ja. Du lässt alte Männer im Rentenalter schuften.

Wieso weißes Kleidchen? Soweit ich informiert bin, ist das Christkind ein Säugling in einer Windel.

Mein Christkind ist ein kleines Mädchen in einem weißen Kleid.

Mädchen?

Ja, ich stelle mir ein Mädchen vor.

Aber warum? Das Jesuskind ist ein Knabe!

Mein Christkind ist kein Knabe. Lass mich doch glauben, woran ich will. Und überhaupt: Wenn es um etwas geht beim Weihnachtenfeiern, dann doch um Frieden, Liebe, Hoffnung – du weißt schon.

Du bist hoffnungsvoll?

Ich versuche es. Es fällt mir nicht leicht.

Mir auch nicht.

Deshalb pflege ich ja noch eine weitere Weihnachtstradition.

Und zwar?

Eierlikör.

Hab ich probiert.

Echt? Und?

Hab unter den Christmas Tree gekotzt.

Dann weiß ich, was ich dir nicht schenke. Was wünschst du dir eigentlich?

Wie hoch ist dein Budget?

Ganz niedrig.

Das habe ich befürchtet. Warum fragst du großspurig, wenn es am Ende doch nur für eine Packung Kauknochen mit Rentieraroma reicht?

Es gibt Kauknochen mit Rentieraroma?

Keine Ahnung. Finde es heraus.

Was macht der Kerl da?

Das ist mein Freund. Partner. Lebensgefährte.

Seit wann hast du einen Freund-Partner-Lebensgefährten?

Seit Jahren.

Und wo hast du ihn bisher versteckt?

In den USA. Ich habe ihn nicht versteckt. Er unterrichtet dort. An einer Universität.

Warum ist er dann hier?

Weihnachtsferien.

Der bleibt? In unserer Wohnung?

Eine Weile.

Das war nicht vereinbart.

Wir haben eine Vereinbarung? Darüber, ob ich Herrenbesuch kriegen darf?

Nicht wir. Ich rede von der Vermittlungsagentur.

Vermittlungsagentur?

Das Tierhei- … also, du weißt schon.

Du hattest eine Vereinbarung mit denen?

Ja, ursprünglich habe ich einen sportlichen, naturerprobten Mann gesucht.

Ah ja?

Waldläufer. Bergsteiger. Mountainbiker. Kajakfahrer. Paragleiter. So was in der Art. Ein richtiges Mannsbild halt.

Ich bezweifle, dass ein Paragleiter dich brauchen könnte. Oder stellst du dir vor, du würdest huckepack mit ihm gleiten?

Es geht hier nicht um kleinliche Details, sondern um das große Ganze. Außerdem heißt es nicht huckepack, sondern Tandemflüge.

Kleinliches Detail.

Ich habe mich jedenfalls als Gefährte eines starken, unabhängigen Mannsbilds gesehen, mit dem ich durch Wälder und Felder streife. Two buddies on the road, wenn du verstehst. Stattdessen bin ich bei dir gelandet. Eine Enttäuschung.

Ja, wir kriegen nicht immer, was wir wollen. Ich habe mir ein liebenswürdiges Hündchen vorgestellt, sanftmütig und anschmiegsam.

Aber ich habe mich mit dir arrangiert. Und jetzt ist der da. Ich wette, der hat noch nie in einem Zelt übernachtet.

„Der" hat einen Namen. Michael. Merk ihn dir.

Lucky him.

Wieso?

Das fragst du einen, den du Herbert rufst?

Demnächst wird Herbert total in Mode sein. Wart's ab.

Michael wär mir aber lieber.

Vergiss es.

Mike?

Nicht mal Micky. Komm zur Sache.

Die Sache ist die, dass ich mich frage, ob du nicht auch lieber ein gestandenes Mannsbild an deiner Seite hättest. Kann der da überhaupt eine Bierkiste heben?

Könnte er. Aber wir trinken Wein. Und lassen ihn liefern.

Dekadent. Was ist mit Muskeln?

Was soll damit sein?

Hat der welche?

Es gibt keine muskellosen Menschen.

Du weißt, was ich meine.

Du meinst, ob ich mich in Wahrheit nach einem Triathlonsieger sehne?

Zum Beispiel.

Manchmal.

Hätte nicht gedacht, dass du es zugibst.

Obwohl, Triathlon … Das ist vielleicht so ein Sehniger, neben dem wirkt man schnell schwabbelig. Ich denke mehr an einen Bärenlackel mit breiter Brust. Ich würde mich gern einmal einem Mann an die Brust werfen, ohne dass der zu wanken beginnt.

Dein Michael schaut aus, als würde er sogar auf den Rücken fallen.

Jetzt bist du gemein.

Okay, als würde er in die Knie brechen.

Hör auf, ihn schlechtzumachen. Er hat vielleicht keine breite Brust, aber er ist klug. Er weiß alles über die Minnelyrik des Hochmittelalters. Zum Beispiel.

Wenn dich das glücklich macht.

Macht es.

Vielleicht braucht er nur ein paar Proteinshakes.

Wofür?

Damit er nicht umfällt, wenn du ihm an die Brust sinkst.

Ich sinke Männern nicht an die Brust. Ich werfe mich, wenn schon. Im Überschwang der Gefühle. Aber ich sinke nicht. Sinken tun bleiche Pflanzenwesen. Sinken und sich ranken. Schrecklich.

Er glaubt hoffentlich nicht, dass er mir was anschaffen kann?

Na ja –

Zwei Chefs akzeptiere ich nicht. Das ist genetisch. Kannst du nachlesen. Rudelführung und so.

Soll das heißen, dass du mich als Chefin akzeptierst?

Hast du diesen Eindruck gewonnen?

Nicht wirklich.

Dann liegt es wohl daran, dass du nicht zum Alphatier taugst.

Du schon?

Ja.

Warum schwafelst du was von zwei Chefs, wenn du nicht einmal einen akzeptierst?

Ich wollte höflich sein. Aber gut, machen wir es kurz und klar: Der soll bloß nicht auf die Idee kommen, mich herumkommandieren zu können.

Und wenn doch?

Dann wirst du ihm das ausreden.

Weil ansonsten?

Weil ich einfach nicht tun werde, was er sagt.

Huhu, fürchterliche Drohung.

Wär dir ein Zweikampf lieber?

Schon gut. Calm down.

Möchtest du deinen Kerl dazu bringen, dass er sich als mein Bezwinger aufspielt? Soll ich die Bestie raushängen lassen?

Nein, um Gottes willen.

Weil du weißt, dass er verlieren würde. Gib's zu. Du wünschst dir einen Bestienbezwinger, aber du weißt, dass er keiner ist.

Unsinn.

Wirklich?

Ja, wirklich.

Du willst den da also behalten?

Ja.

Ganz ehrlich?

Ja, ganz ehrlich.

Interessant. Aber ich muss dich ja nicht verstehen.

Erzähl mir was von deiner Freundschaft mit Katzen.

Mit Katzen? Freundschaft?

Du hast gesagt, einige deiner besten Freunde sind Katzen. Gleich am Anfang. Als wir uns kennengelernt haben.

Ich rede zu viel.

Na komm. Nicht immer diese Geheimniskrämerei.

Du findest, man muss alles voneinander wissen? Ich nicht.

Ich auch nicht. In alle Abgründe will ich gar nicht schauen. Aber fallen Katzen unter Abgründe?

BEZIEHUNGEN zu Katzen.

Ja. Muss man darüber schweigen als Hund?

In manchen Kreisen gelten sie als unhündisch.

Das stimmt.

Nicht, dass das meine Kreise wären. Aber sie existieren.

Und du?

Ich schätze Katzen. Sie sind klug. Sie sind geschickter als Hunde. Sie sind geduldig, ausdauernd und eigenständig. Man kann viel von ihnen lernen. Meine Mutter war eine Katze.

Wie soll das gehen? Verarsch wen anderen.

Nicht meine biologische Mutter. Meine Adoptivmutter.

???

Ganz einfach. Man hat mich von meiner biologischen Mutter getrennt, als ich ein Welpe war. Dort, wohin ich gebracht wurde, gab es eine Katze, die gerade Babys hatte. Mit denen bin ich aufgewachsen. Meine Katzenmutter hat sogar versucht, mir etwas von ihrer Muttermilch abzugeben. Sie hat mich saubergeleckt und mir mit der Pfote eins übergezogen, wenn ich frech war. Sie hat mich behandelt wie meine Katzengeschwister. Dass ich nicht gelernt habe, auf Bäume zu klettern, war ihr rätselhaft. Ich fürchte, sie hat sich die Schuld daran gegeben.

Das würde mich nicht wundern. Mütter geben sich immer die Schuld. An allem. Jedenfalls die meisten Mütter.

Und ich fürchte, ich habe ihre Schuldgefühle noch verstärkt.

Wie das?

Ich habe ihr, äh, Vorwürfe gemacht.

Weil du nicht klettern konntest?

Sozusagen.

Sozusagen hast du ihr also vorgeworfen, dass du ein Hund bist. Ganz schön gemein.

Na, was glaubst du, wie frustrierend das war, wenn ich zugeschaut habe, wie meine Katzengeschwister in den Bäumen herumturnen, und selber hab ich den Hintern nicht hochgekriegt? Hab ich mir mein Versagen halt damit erklärt, dass meine Mutter bei meiner Einschulung versagt hat.

Der Klassiker. Das Versagen der Kinder ist das Versagen der Mütter.

Genau.

Was ist aus deiner Katzenmutter geworden?

Unsere Wege haben sich getrennt.

Du hast sie verlassen?

Sie wollte, dass wir selbstständig werden. Das ist so bei uns. Nur eure Kinder bleiben lebenslang Kinder für euch. Ein strapaziöses Konzept. Nach meiner Beobachtung.

Auf jeden Fall ist das eine rührende Geschichte.

Und ich mache dich um einen Kopf kürzer, wenn du sie herumerzählst.

Warum?

Darum.

Weil sie an deinem hartgesottenen Image kratzt?

Vielleicht habe ich sie ja auch nur erfunden.

Das glaube ich nicht.

Aber du weißt es nicht.

Ist ja gut. Ich werde schweigen.

Ich wollte dir nur sagen, dass er sich schon wieder aus unserem Kühlschrank bedient hat.

Wer?

Dein FPL.

Wer bitte ist mein FPL?

Dein Freund-Partner-Lebensgefährte. Wie du ihn nennst.

Ich nenne ihn Michael.

Ich nenne ihn FPL.

Warum?

Drei Buchstaben. Das reicht.

Hm, FPL. Wie eine international bekannte Persönlichkeit. Drei Buchstaben und jeder weiß, wer gemeint ist. Nicht schlecht.

Nein! Keiner weiß was über den. Vergiss die Buchstaben. Er ist ein Niemand.

Warum bist du denn so böse auf ihn?

Weil er stört.

Wodurch?

Durch seine Anwesenheit. Und dadurch, dass er sich aus unserem Kühlschrank bedient.

Na und? Ist doch nicht dein Futter, das er sich nimmt.

Wenn es einmal so weit gekommen ist, ist es zu spät.

Bist du eifersüchtig?

So würde ich es nicht nennen.

Wie denn?

Ich finde einfach, der Typ kriegt zu viel Beachtung.

Das nennt man Eifersucht. Du bist eifersüchtig, weil du nicht im Mittelpunkt stehst.

Nenn's doch, wie du willst.

Ja, eh.

Aber beklag dich nicht, wenn du pleite bist. Der Typ frisst dich arm. Kauft er auch mal ein oder schaufelt er nur in sich rein, was du gekauft hast?

Ich rechne ihm doch nicht sein Essen vor.

Warum nicht?

Das wäre kleinlich.

Besser kleinlich als pleite.

Ich nage nicht am Hungertuch.

Noch nicht.

Wir haben das so geregelt: Hier kaufe ich ein. Wenn ich bei ihm bin, zahlt er.

Wie oft bist du bei ihm?

Eher selten.

Na bitte. Das rechnet sich nie. Warum bist du so selten bei ihm?

Ich habe einen Beruf. Ich habe Verpflichtungen. Ich kann nicht so leicht weg.

Unsinn. Menschen erfinden kannst du überall.

Was weißt du von meiner Arbeit? Außerdem kann ich dich nicht allein lassen.

Verstehe ich das richtig? Dein Typ wohnt in Amerika und du legst dir einen Hund zu, damit es komplizierter wird, ihn zu besuchen?

Vielleicht wollte ich ja Gesellschaft, weil er so viel weg ist?

Ich wiederhole mich ungern, aber: Ihr könntet zusammen weg sein.

Ich tauge nicht für ein Anhängselleben. Er hat dort eine Aufgabe. Ich nicht. Er ist dort wichtig. Ich nicht.

Bist du HIER wichtig?

Wichtiger als dort.

Und für ihn bist du nicht wichtig?

Na ja, schon. Denke ich.

Und ist er wichtig für dich?

Klar.

Wenn er dir wichtig wäre, würdest du bei ihm leben.

Genauso gut könntest du sagen: Wenn ich ihm wichtig wäre, würde er bei mir leben.

Richtig. Könnte ich.

Ich finde nicht, dass sich Zuneigung in ständigem Zusammenglucken ausdrücken muss.

Also, nicht dass es mir wichtig wäre, dass er dir wichtig ist –

Aber?

Aber ich verstehe es nicht. Nach meiner Erfahrung heißt Zuneigung Zusammenseinwollen.

Du bist ja auch ein Hund.

Ich bin ein Streuner. Und ich rede nicht von mir, sondern von den Menschen. Die meisten wollen zweisam sein.

Will ich ja auch. Aber nicht unentwegt in derselben Wohnung.

Geht er dir am Ende schon wieder auf Nerven, dein Freund-Partner-Gefährte?

Nein. Wenn ich weiß, dass es ein Abreisedatum gibt, stört mich nix. Beziehungsweise halte ich alles, was mich stört, leicht aus, weil es ja nicht auf Dauer ist.

Was stört dich denn? Zum Beispiel?

Eh nix.

Komm, nicht kneifen.

Nur Kleinigkeiten.

Was für Kleinigkeiten?

Peanuts. Dass er seine Socken herumliegen lässt. Dass er zwei Liter Wasser heiß macht, um ein Ei zu kochen. Dass er glaubt, das Klopapier wächst von selber nach, sobald die Rolle leer ist. So was.

Tausende einsame Herzen würden dich um deine Probleme beneiden.

Ja, aber ich war nie ein einsames Herz. Ich hatte immer genügend Freundinnen und Freunde.

Trotzdem hast du dir einen Hund zugelegt.

Ja, und?

So was tun einsame Herzen.

Kann sein. Ich war jedenfalls nicht einsam und nicht auf einen vierbeinigen Menschenersatz aus. Ich wollte einen Hund. Das heißt, eigentlich habe ich ja eine Katze gesucht, als ich im Tierheim war.

Du hast – WAS?

Ich habe nach einer Katze gesucht. Ursprünglich. Einen Großteil meines Erwachsenenlebens habe ich mit Katzen verbracht. Sind selbstständig. Müssen nicht Gassi geführt werden. Klammern nicht unentwegt. Ich liebe sie. Aber dann habe ich dich gesehen. Du hattest diesen todtraurigen, herzzerreißenden Hundeblick. Du weißt schon.

Ja, ich weiß.

Damals wusste ich noch nicht, dass du ihn manipulativ einsetzt. Jedenfalls warst du nicht geplant.

Das sagst du mir einfach so?

Ja. Warum nicht?

Du sagst mir einfach ins Gesicht, dass ich kein Wunschhund war?

Ja, was ist so schlimm daran?

Eigentlich nichts. Aber ich habe den Verdacht, es sollte mich verstören.

Warum denn? Es ist doch nicht entscheidend, ob du ein Wunschhund warst, BEVOR ich dich kannte, sondern dass du JETZT erwünscht bist.

Ich bin überzeugt, andere an meiner Stelle wären verstört.

Ja, ja. Zum Glück bist du kein selbstverliebtes, überempfindliches, hypersensibles Weichei.

Zu DEINEM Glück.

Zu meinem Glück.

Ich wollte es nur einmal hören. War das so schwer?

Was soll das sein?

Dein Frühstück.

Machst du Witze?

Nein. Wieso?

Das ist höchstens ein kleiner Gruß aus der Küche. Ein sehr kleiner.

Na ja –

Ein lächerliches Amuse gueule. Nur dass es meinen Gaumen nicht amüsiert. Nicht im Geringsten.

Das ist dein Frühstück. Nimm es oder lass es.

Was? Friss oder stirb? Ist das dein Ernst?

Du stirbst nicht. Du bist bloß auf Diät.

Sollte ich das nicht wissen?

Jetzt weißt du es.

Sollte ich dem nicht zugestimmt haben müssen?

Nein.

Warum nicht?

Weil du nicht zugestimmt hättest.

Du setzt dich über mich hinweg?

Ja. In deinem Interesse.

Mein Interesse gilt einem ausreichenden Frühstück.

In deinem Interesse, damit du nicht fett wirst.

Was deutet darauf hin, dass ich fett werden könnte?

Deine Wampe.

Seit wann verwenden wir solche Wörter? Schäm dich.

Egal. Du solltest abspecken. Wenn du mir nicht glaubst, steig auf die Waage.

Das Körpergewicht ist ein soziales Konstrukt.

Was soll das heißen?

Ich identifiziere mich nicht mit meinem Gewicht.

Sondern?

Ich fühle mich schlank. Fast zu schlank, genau genommen.

Ach.

Ich möchte, dass du mich als untergewichtige Person liest.

Tue ich aber nicht.

Weil du auf deinem überholten Weltbild beharrst. Einem Weltbild der Zahlen und Skalen. Du tust dir damit keinen Gefallen.

?

Deine alberne Salatesserei. Sei einfach die, die du sein möchtest. Ganz ohne Diät.

Ich möchte eine Person sein, der Kleidergröße 38 passt.

Kleidergrößen sind ein asoziales Konstrukt. Vergiss sie.

Es genügt, wenn ich mich schlank FÜHLE?

Genau.

Ich fühle mich aber nicht schlank, wenn ich eine Wampe habe.

Du musst es einfach glauben!

Ich glaube der Medizin, und die sagt, dass Übergewicht ungesund ist.

Was wird das? Bodyshaming? Ach so, wir sind ja schon mittendrin. Wir reden ja neuerdings von Wampen.

Tut mir leid, wenn ich dich gekränkt habe. Aber ich meine es nur gut mit dir.

Gut gemeint ist das Gegenteil von gut.

Ich sage nicht, dass du dich für deinen Body schämen musst. Noch nicht –

Nie! Man muss sich nie für seinen Body schämen.

Aber vielleicht ist es einem unangenehm, wenn man ihn erst nach drei Fehlstarts aufs Sofa kriegt?

Ich weiß nicht, wovon du redest.

Davon, dass du es beinahe nicht aufs Sofa geschafft hättest, weil dir deine – ich sage das W-Wort nicht – zu schwer war.

Ich weiß nicht, wovon du redest.

Damit wir uns richtig verstehen: Von mir aus musst du nicht auf dem Sofa liegen. Ganz im Gegenteil.

Gleich werde ich gezwungen sein, etwas sehr Unschönes zu tun. Wenn man mich hungern lässt, muss ich verzweifelt durchkauen, was ich finde.

Wenn du glaubst, dass Sofakissen schmackhaft sind – guten Appetit!

Wer nimmt sich Sofakissen vor, wenn er genauso gut auf Schuhen herumbeißen kann?

Du kommst an meine Schuhe nicht heran.

Das wäre so, wenn du sie wegräumen würdest. Und nicht zu viele davon hättest. Du kannst sie gar nicht mehr alle wegräumen.

Wetten?

Wann ist es zu diesem unschönen Ton zwischen uns gekommen? Wann hat das angefangen?

Meiner Erinnerung nach am ersten Tag unserer Bekanntschaft.

Ja. Das stimmt. Ich sollte aufhören, mir etwas vorzumachen.

Du könntest einfach freundlicher sein. Und nicht immer so bossy.

Ich zwinge mich zu einem strengen Ton, weil du Orientierung brauchst. Strukturen. Eine klare Ordnung.

Du meinst es gut mit mir.

So ist es.

Gut gemeint ist das Gegenteil –

Hör auf, meine Sprüche zu klauen.

Das ist gar nicht dein Spruch. Den kenne ich schon seit hundert Jahren. Den kennt jeder.

Du wertest mich ab. Fällt dir nicht auf, wie du mich abwertest?

Mir fällt auf, dass wir hier stundenlang über dein Frühstück debattieren, statt dass du es einfach frisst. Sehr hungrig kannst du nicht sein.

Ich bin schon ganz schwach vor Hunger. Deshalb schaffe ich den Sprung aufs Sofa nicht. Aus keinem anderen Grund.

Hm. Also. Wie es aussieht, kommen wir aus dieser Nummer nicht mehr raus.

Richtig. Also?

Also drehe ich mich jetzt einfach um und gehe an meinen Schreibtisch.

Falsch. Also?

Also geb ich dir einen Haufen Futter, gehe an meinen Schreibtisch und frage mich, weshalb ich mich nie durchsetze.

Schon besser.

Soso. Dein Kind.

Ich hab dir gesagt, dass er erwachsen ist.

Aber so erwachsen. Und so groß. Und so männerhaft.

Na ja, er ist ein erwachsener Mann.

Aber für dich ein Kind.

Nicht ein Kind, MEIN Kind. Ich bin doch nicht so blöd, in einem ausgewachsenen Mannsbild ein kleines Kind zu sehen.

Manche Mütter tun das.

Ich gehöre nicht dazu.

Das erleichtert mich. Und wer ist die Frau, die mit ihm gekommen ist?

Seine Freundin.

Und?

Mehr weiß ich nicht. Ich sehe sie zum ersten Mal.

Er hatte noch nie eine Freundin?

Ganz im Gegenteil.

???

Sie wechseln ständig. Immer, wenn er kommt, kommt eine andere mit.

Du findest das gut?

Nein.

Es hat sich angehört, als fändest du es cool.

Na ja, ich fände es schlechter, wenn er ein Freak wäre, der keine Frau abkriegt. Oder keinen Mann. Je nachdem.

Freak oder Windhund – was anderes fällt dir nicht ein?

Doch. Schon. Aber ich denke mir einfach, er kann sich ja immer noch zu einem treu sorgenden Familienvater entwickeln. Jetzt ist er halt jung und will sich nicht festlegen. Verstehe ich irgendwie.

Verstehen das auch seine abgelegten Freundinnen?

Abgelegt – ich bitte dich! Was sind denn das für Kategorien! Das sind doch keine armen Hascherln, sondern selbstbestimmte Frauen.

Aber dein Sohn bestimmt, ob er bei ihnen bleibt.

Das ist nicht gesagt. Vielleicht bleiben ja auch die Frauen nicht bei ihm, ich weiß es nicht so genau.

Dann ist er am Ende doch ein Freak, mit dem es keine aushält?

Jetzt mach aber einen Punkt! Mein Sohn ist kein Freak!

Also ein Herzensbrecher. Entscheide dich.

Warum muss ich mich entscheiden? Er ist, wie er ist.

Gib zu, es gefällt dir, dass er treulos ist.

Treulos! Was hast denn du heute für ein Wording drauf?

Sei ehrlich, du siehst das gern. Dein Sohn, um den sich die Frauen reißen! Und keine kriegt ihn.

Ich weiß, wie das weitergeht. Gleich wirst du sagen, ich möchte die Nummer eins für ihn bleiben. Die Mama, an die keine andere Frau je heranreicht. Oder so was.

Ist das falsch?

Ja. Denke schon.

Sicher?

Natürlich möchte ich wichtig für ihn sein. Als Mutter. Aber ich konkurriere doch nicht mit seinen Freundinnen! Und ehrlich, ich hätte nichts gegen weniger Abwechslung. Dann könnte ich mich endlich an eine richtig gewöhnen.

Das willst du?

Ich telefoniere heute noch mit Katharina. Sie war seine erste Liebe. Es hat mir das Herz gebrochen, als sie sich getrennt haben.

Als er ihr das Herz gebrochen hat, willst du sagen.

Nein, hat er nicht. Ich glaube, für die zwei war es leichter als für mich.

Also bitte!

Na ja, vielleicht übertreibe ich ein bisschen. Jedenfalls bin ich jetzt vorsichtig und bleibe auf Distanz. Herzbrüche in Serie halte ich nicht aus. Erst wenn er eine zum dritten Mal mitbringt, oder nein, eher zum fünften, oder sagen wir zehnten Mal – dann gehe ich wieder eine Bindung ein. Habe ich mir vorgenommen.

Was ist aus Katharina geworden?

Ärztin. Sehr tüchtig. Und sie hat einen Freund, aber es ist nicht sicher, dass sie bei ihm bleibt.

Warum?

Er hat so seine Mängel. Sagt sie.

Sie möchte ein fehlerloses Exemplar?

Fehlerlos vielleicht nicht. Aber Güteklasse A. Und der jetzige ist nur A minus. Stelle ich mir vor. Ich kenne ihn nicht.

Wer verwendet denn jetzt fragwürdige Kategorien?

Ach, komm. Wir haben alle unsere Ansprüche.

Ich bin ein Hund. Mein Anspruch heißt Treue.

Du bist ein Streuner!

Ich bin ein Streuner und ich bin dir treu.

Wie soll das gehen?

Du bist mein Mensch. Ich streune ja nicht, um mich anderen Menschen anzuschließen.

Sondern?

Um zu streunen. Allein. Oder mit meinen Kumpels. Hundekumpels, wohlgemerkt.

Du brauchst Hundegesellschaft?

Ja. Von Zeit zu Zeit.

Ich kenne das. Ich brauche die Gesellschaft meiner Freundinnen.

Na siehst du.

Mein ehemaliger Ehemann war darüber not amused.

Warum?

Er wollte, dass ich nur ihn brauche.

Als was?

Als alles.

Das ist doch Unsinn. Niemand kann alles für jemand anderen sein.

Genau. Und deswegen hat es auch nicht funktioniert.

Du hast ihn verlassen?

Äh. Genau genommen er mich. Aber das sage ich nicht. Ich sage immer, WIR haben uns getrennt.

Warum?

Verlassen zu werden ist schlecht fürs Image.

Ihr Menschen. Was für eine verkorkste Spezies.

Spiel dich nicht auf. Die Hundetreue ist auch ein verkorkstes Konzept. Ich sage nur: Krambambuli. Obwohl – wirst du wahrscheinlich nicht kennen.

Und ob ich Krambambuli kenne.

Ach ja?

Meine Mutter hat großen Wert auf Bildung gelegt. Krambambuli war Pflicht.

Deine Katzenmutter?

Ja.

Deine Katzenmutter hat Wert darauf gelegt, dass du eine berühmte Hundegeschichte kennst?

Natürlich. Sie wollte meine Wurzeln nicht kappen.

Toll.

Sagst du. In Hundekreisen hat sie kein Lob geerntet.

Wieso nicht?

Kulturelle Aneignung. Als Katze hätte sie die Pfoten von Krambambuli lassen müssen. Hieß es.

Ach.

Ihr war es scheißegal.

Gut so.

Genau. Bleibt er hier, dein Sohn?

Über Weihnachten. Ja.

Und dann?

Dann fährt er wieder nach Triest.

Warum?

Er arbeitet dort.

Arbeitet – was?

Er handelt mit Häusern.

In Triest?

Es hat sich so ergeben.

Hm. Hast du dich schon einmal gefragt, wie es kommt, dass alle Menschen, die dir was bedeuten, das Weite gesucht haben?

Was???

Dein Sohn. Dein Lover. Beide im Ausland. Weit weg von dir. Das hat doch was zu bedeuten.

Ja, es bedeutet, dass sie berufliche Chancen wahrnehmen.

Du solltest darüber nachdenken.

Und du kannst mich kreuzweise.

Jetzt mach doch nicht die schöne Weihnachtsstimmung kaputt.

Bin ich der erste Mensch, bei dem du wohnst?
Hm.
Sag schon.
Nein.
Das hast du mir nie erzählt.
Ist Vergangenheit. Meine! Warum soll ich dich damit behelligen?
Damit ich dich besser verstehe?
Verstehst du mich dann besser?
Vielleicht.
Vorbei ist vorbei. Jetzt ist jetzt. Ich lebe nicht in der Vergangenheit.
Aber es ist doch nicht egal, welche Erfahrungen hinter dir liegen!
Mir schon.
Hör mal, das widerspricht allen Erkenntnissen –
Die gehen mich nichts an. Ich bin ein Hund.
Auch Hunde werden von ihren Erlebnissen geprägt.
Ich nicht.
Musst du schon wieder den Ultracoolen heraushängen lassen?
Ja.
Na gut. Was ist mit der Treue?

Was soll mit ihr sein?

Ich denke, du bist ein treuer Hund.

Bin ich.

Und die Menschen, bei denen du vorher warst? Hast du sie treulos verlassen?

Nein.

Haben sie dich treulos weggegeben?

Darüber möchte ich nicht reden.

Bist du danach zum Streuner geworden?

Nein.

Du warst schon vorher einer?

Ich bin eine Abenteurernatur.

Aber treu. Auf deine Art.

Ja.

Vielleicht haben sie dich deswegen weggegeben. Weil du eine Abenteurernatur bist. Das ist anstrengend.

Hör auf, mich zu löchern.

Denkst du manchmal an sie?

An wen?

An die Menschen, bei denen du warst.

Wenn es so wäre – nützt es dir etwas, wenn ich es dir sage?

Ich weiß nicht. Wir könnten zusammen an sie denken.

Wie willst du an Leute denken, die du nie gekannt hast?

Du müsstest mir eben etwas über sie erzählen.

Aber wozu? Ich denke nicht an sie, du denkst nicht an sie, gemeinsam leben wir im Hier und Heute. So heißt das doch, oder?

Unter Menschen ist es üblich, die Vergangenheit aufzuarbeiten.

Ist dir schon aufgefallen, dass ich nicht arbeite?

Es beschäftigt mich eben. Wer sie waren. Wie sie waren. Ob sie Fehler gemacht haben. Wie ich solche Fehler vemeide.

Vermeidest du solche, machst du andere. Fehler sind unvermeidlich.

Du bist nicht ermutigend.

Empower yourself!

Vielleicht hast du ja recht. Die Vergangenheit ruhen lassen.

Und ob ich recht habe.

Michael zum Beispiel.

Was ist mit ihm?

Seine Vergangenheit.

Was ist mit ihr?

Sie ruht nicht.

Was heißt das?

Sie ruft ihn dauernd an.

Warum?

Sie braucht seinen Rat. Ständig. Als gute Freundin. Sie sind nämlich gute Freunde geblieben. Und wenn wir zu dritt zusammensitzen –

Ihr tut was?

Wir sitzen zusammen.

Zu dritt?

Ja.

Warum?

Als gute Freunde. Und da wird dann Vergangenheit beschworen. „Weißt du noch?" „Kannst du dich erinnern, als wir –?" „Rate mal, wen ich neulich getroffen habe!" Ich kann nicht behaupten, dass ich das genieße.

Warum lässt du es dir gefallen?

Weil ich denke, dass sich das so gehört. Alles andere wäre kleinlich und missgünstig. Man ist nicht eifersüchtig auf die Vergangenheit seines Partners.

Wenn sie sich in der Gegenwart breitmacht, schon.

Vielleicht hast du recht.

Und ob ich recht habe.

Was soll ich tun?

Sag einfach, du hast keinen Bock auf diese Treffen.

Er wird sagen, sie hat mir nichts getan.

Man kann nicht jede Person treffen, die einem nichts getan hat.

Dann treffen sie sich zu zweit.

Na und?

Dann schwelgen sie zu zweit in der Vergangenheit.

Wer sagt, dass sie schwelgen?

Wer sagt, dass sie's nicht tun?

Es wird einen Grund haben, dass sie auseinander sind.

Oh ja, er sagt, sie hat –

Hör auf! Too much information. Was war, war. Und aus.

Vielleicht hast du recht.

Und ob ich recht habe.

Du-hu?

Ja?

Ich hab's mir überlegt.

Was?

Burberry.

Was ist damit?

Fände ich doch ganz schick.

Im Ernst???

Jetzt tu nicht so entsetzt.

Na geh, ein harter Hund wie du – und wünscht sich ein Mäntelchen.

Doch kein Mäntelchen!

Sondern?

Ein Halsband. Du hast selber gesagt, Burberry ist stylish.

Ich sag dir was: Ich hab's mir auch überlegt. Ich finde das snobistisch. Und außerdem haben sich deine geliebten Briten aus der EU vertschüsst. Du erwartest doch nicht, dass ich das unterstütze.

Das Burberry-Muster ist ein Tartan. Schottenkaro. Die Schotten waren gegen den Brexit.

Trotzdem. Ich sehe ein Burberry-Halsband nicht als politisches Statement gegen den Brexit.

Du drehst es, wie es dir passt.
Wir reden von einer Luxusmarke!
Ja, und?
Ich lehne Luxusmarken ab.
Du denkst, Luxusmarken dürfen sich nur Rasseköter um den Hals hängen.
Du weißt, dass ich das nicht denke.
Schottenkaro. Lemon Curd. Scones mit Clotted Cream. Das muss doch auch in dir etwas zum Klingen bringen.
Aber ja. Ich liebe Cucumber Sandwiches. Du auch?
Weniger.
Oder möchtest du Baked Beans on Toast? Statt Fleischknochen?
Mach dich nur lustig über mich. Aber wer hat sich denn jede Folge von „Downton Abbey" und „The Crown" reingezogen?
Du.
Mit dir. Notgedrungen.
Du hättest rausgehen können.
Ich bestreite ja nicht, dass ich eine Schwäche für das Britische habe.
Warum hast du die eigentlich?
Ich rede nicht über meine Vergangenheit.
Aber du erpresst mich damit.
Inwiefern?
Na ja, du kriegst feuchte Hundeaugen, wenn du auf dem anglophilen Gefühlsklavier klimperst, und schon soll ich hin-

gehen und Burberry-Halsbänder kaufen und was weiß ich noch für einen Krempel. Vielleicht einen Fascinator wegen deiner sentimentalen Erinnerungen an Ascot? Du weißt schon, so einen winzig kleinen Hut, der auf deinem Kopf sitzt wie ein Krapfen.

Ich bin kein Crossdresser. Außerdem sind Fascinators in Ascot nicht erlaubt.

Nein?

Die Kopfbedeckung der Damen darf einen Durchmesser von zehn Zentimetern nicht unterschreiten. Aber ich bin keine Dame. Wie schon angemerkt.

Was trägt denn der englische Gentleman zum Pferderennen?

Einen Zylinder. Ich würde Hellgrau bevorzugen, passend zu einem Cut mit hellgrauer Weste. Wenn ich ein englischer Gentleman wäre. Was ich nicht bin.

Langsam wirst du mir unheimlich.

Das ist der Sinn der Sache.

Wahrscheinlich hast du das alles bloß gegoogelt.

Wenn du glaubst.

Was fasziniert dich so an dieser Herrenreitergesellschaft?

Das Fremdartige. Es lenkt mich ab.

Wovon?

Von der ganz gewöhnlichen Realität.

Träumst du von einem Leben als wunderschöner Setter mit seidigem Haar und wehenden Ohren auf Schloss Sandringham?

Auf Sandringham wimmelt es sicher von kurzbeinigen Corgis. Und ich BIN wunderschön.

Na klar. Also träumst du vielleicht nur von einem bessseren Leben.

Sei nicht albern. Auf Schlössern wird man depressiv.

Vor allem, wenn man zu hohlköpfig ist, um seine Privilegien als solche zu erkennen.

Ich finde mein Leben jedenfalls total in Ordnung. Könnte nicht besser sein.

Hast du das jetzt wirklich gesagt?

Ja.

Ich fasse es nicht. Das ist ja richtig lieb von dir!

Genau. Das Burberry-Halsband kannst du übrigens online bestellen.

Wenn ich alt bin, werden wir ans Meer ziehen.

Du bist schon alt. Wir können packen.

Herzlichen Dank. Ich meine, wenn ich noch älter bin.

Wie alt willst du denn noch werden?

Das ist eine Frage, die ich nicht beantworte.

Warum?

„Wie alt denn noch!“ Das hört sich an, als hätte ich mein Ablaufdatum schon überschritten.

Ich meine das ganz sachlich. Mit wie viel Zeit rechnest du?

Ist doch wurscht, womit ich rechne. Wie's kommt, so kommt's.

Also gut, ich frage anders: Was meinst du mit „Wenn ich alt bin“?

Wenn ich richtig alt bin.

Wenn du richtig alt bist, kannst du vielleicht nicht mehr ans Meer ziehen.

Wieso?

Wenn du richtig alt bist, bist du vielleicht nicht mehr mobil.

Warten wir's ab.

Wie du meinst ... Ich bin jedenfalls gern am Meer. Brighton. Bournemouth. Oder denkst du an Cornwall?

Ich denke an Istrien.

Was?

Oder an Italien.

Wie?

Wieso sollte ich an Cornwall denken?

Weil ICH daran denke.

Wenn ich Meer sage, meine ich das Mittelmeer.

Ich nicht.

Ich liebe den Süden. Aperitivo unter Palmen und so weiter.

In Cornwall gibt es auch Palmen.

Ich weiß. Aber ich sage dir, was den Unterschied macht: das Licht. Ich liebe das goldene Licht des Südens. Im Norden ist die Luft blau. Auch wenn die Sonne scheint.

Ich glaube nicht, dass ich dieser These zustimme.

Musst du nicht.

Wieso sollte ich auch? „Das goldene Licht des Südens!" Bist du Malerin?

Nein.

Wenn du Malerin wärst, dürftest du so reden. Aber du bist keine. Also lass es.

Nein! Ich muss nicht Malerin sein, damit ich vom Licht reden darf.

Doch. Sonst ist es Anmaßung.

Unsinn.

Emotionale Aneignung sogar.

Bist du noch dicht? Was eigne ich mir an? Die Gefühle einer Malerin?

Der Vorwurf der Aneignung lässt dich nicht verstummen?

Nicht, wenn er unqualifziert ist.

Schade. Ich hab geglaubt, der zieht.

Fehlspekulation.

Das goldene Licht des Südens! Du brauchst bloß eine Ausrede, weil du nicht an Cornwall gedacht hast –

– *ich denke noch immer nicht an Cornwall* –

– obwohl du weißt, wie sehr mir Cornwall gefallen würde –

– *ich denke noch immer nicht daran, nach Cornwall zu ziehen.*

Du bist so unflexibel.

Und du bist ein sturer Hund.

Also gut. Was wirst du denn überhaupt machen im Süden, am Meer?

Auf es schauen. Darin schwimmen. Auf malerischen Plätzen herumsitzen. Gedichte lesen. Müßiggehen.

Warum machst du das nicht gleich?

Weil ich mir Müßiggang nicht leisten kann.

Wenn du alt und klapprig bist, wirst du ihn dir leisten können?

Na ja. Wahrscheinlich nicht.

Deine Zukunftspläne sind also nichts als Hirngespinste?

Sagen wir: Ich habe Träume.

Aber du weißt, dass sie unrealistisch sind?

Im Grunde schon.

Hast du nicht ordentlich vorgesorgt für dein Alter?

Ich habe so gut vorgesorgt, wie es mir möglich war.

Mehr war nicht drin?

Leider. Aber damit bin ich nicht allein. Viele alte Menschen sind nicht auf Rosen gebettet. Das Vorsorgen ist nicht so einfach.

Ich dachte, die Alten lungern alle in Fünf-Sterne-Ferienclubs herum und lassen die Korken knallen?

Einige. Nicht die Mehrheit.

Dieses Gespräch nimmt eine unerfreuliche Wendung.

Deshalb wollte ich ja einfach fantasieren. Also, noch einmal von vorn: Wenn ich alt bin, ziehen wir ans Meer.

Richtig. Ich sehe uns schon in Cornwall.

Du bist so was von einem sturen Hund.

Du weißt, womit ich dort ernährt wurde?

Äh, nicht genau.

Mit Hundefutter!

Ja, und?

Du findest das nicht befremdlich?

Nein. Sollte ich?

Du hast sicher Länge mal Breite dafür geblecht. Und dann kriege ich diesen Fraß!

Na ja, ich bin nicht davon ausgegangen, dass das eine wohltätige Einrichung ist.

Aber HUNDE-Futter –

Du bist ein Hund.

– der billigsten Sorte!

Tut mir leid.

Und weißt du was? Sie hatten dort TIERE!

Es war eine Tierpension. Was hast du erwartet?

Ein Verwöhnprogramm. Wellnessangebote. Ein bisschen Luxus. Nicht kläffende Köter und nervende Katzen.

Ich denke, du magst Katzen?

Doch nicht alle!

Verstehe. Trotzdem: Wie kommst du auf Wellness und Verwöhnprogramm?

Was sonst soll ich mir von einem Kuraufenthalt versprechen?

Du warst nicht auf Kur.

Nein?

Du warst in einer Tierpension, weil ich auf einer Lesereise war.

Du hast mich abgeschoben???

Es ging nicht anders.

Deine Karriere ist dir wichtiger ist als ich?

Mimimi. Du bist eine Drama Queen.

Warum machst du Lesereisen? Du arbeitest im Home Office!

Nicht nur.

Hast du das angegeben, als du mich aus dem, du weißt schon, Boarding House geholt hast? Ich wette, das hast du verschwiegen. Sonst hättest du mich nämlich nicht gekriegt.

Die haben mich gar nicht gefragt.

Unerhört!

Was? Dass sie mich nicht gefragt haben oder dass ich Lesereisen mache?

Alles!

Jetzt krieg dich doch ein.

Nein! Ich finde das verantwortungslos und egoistisch.

Was glaubst du – dass dein Futter vom Himmel fällt, oder dass ich es kaufen muss? Und glaubst du, dass es das Geld dafür vom Himmel regnet –

Blablabla. Langweilig.

– oder dass ich es verdienen muss?

Working Class! Ich bin in der Working Class gelandet.

Das fällt dir jetzt erst auf?

Ich wollte es wohl nicht wahrhaben.

Finde dich damit ab.

Du hättest mich doch mitnehmen können.

Eben nicht.

Dann hättest du ein besseres Quartier für mich suchen sollen. Statt diesem … diesem … Ich weiß gar nicht, wie ich dazu sagen soll.

Das Savoy war ausgebucht, so sorry. Die Pension, in der du warst, wurde mir extra empfohlen.

Von wem?

Von einer Frau, die wir immer auf der Hundewiese treffen.

Welche Frau?

Ihr Hund heißt Rocky.

Ist das dieser Trottel, der keine Runde Laufen durchhält, weil er gleich ins Keuchen kommt?

Rocky ist öfter in dieser Pension. Ihm gefällt es dort sehr gut.

Weil er ein Trottel ist.

Was war denn jetzt wirklich so furchtbar? Außer, dass es andere Tiere gab und keine Gourmet-Menüs?

Reicht das nicht?

Nein.

Ich finde, es reicht. Außerdem durfte ich nicht aufs Sofa.

Andere Hunde schon?

Nur Menschen.

Na dann. Das ist so üblich.

Wo? Bei wem? Seit wann?

Überall. Da siehst du, wie gut du es bei mir hast.

Wir waren kurz davor, einen Aufstand auszurufen.

Wer wir?

Otto und ich.

Wer ist Otto?

Er war auch dort kaserniert. Und selbstverständlich darf er daheim aufs Sofa. Wie jeder Hund in jedem zivilisierten Haushalt.

Du hast einen Freund gefunden. Wie schön!

Du versuchst jetzt, es ins Positive zu drehen. Aber ich sage dir: Das war keine positive Erfahrung. Otto und ich waren zwei Kameraden in der Not. Mehr nicht.

Umso besser. Dann vermisst du ihn jetzt nicht.

Dein Mangel an Empathie ist erschreckend.

Und deine Ansprüche sind ... übertrieben. Um es höflich zu sagen.

Meine Ansprüche sind bescheiden. Sagte schon meine Psychotherapeutin.

Du hast eine Psychotherapeutin?

Ich hatte eine. In einer Lebenskrise. Sie ist vorbei.

Ein Typ wie du geht zur Psychotherapeutin?

Auch Tony Soprano ging zu einer, wenn du dich erinnerst. So what? Sie hat mir jedenfalls gesagt, ich soll nicht zu bescheiden sein.

Die hat leicht reden. Und überhaupt: Was soll das Jammern über kläffende Köter – hast du nicht gesagt, du brauchst von Zeit zu Zeit Hundekumpels?

Nicht jeder kläffende Köter ist mein Hundekumpel.

Tja. Vorbei ist vorbei. Wie du sagen würdest. Jetzt bist du wieder bei mir und darfst aufs Sofa. Freu dich.

Und du gehst nie mehr auf Lesereise?

Das habe ich nicht behauptet.

Diese Antwort habe ich befürchtet.

Wenn du willst, probieren wir das nächste Mal eine andere Tierpension aus.

WIR? Du probierst gar nix, oder? Du vertschüsst dich und lässt mich allein unter fremden Kreaturen.

Was soll ich denn tun?

Hast du nicht vorhin das Savoy erwähnt? Reservier das. Rechtzeitig.

Wer ist das? Auf diesem Video?

Larry the Cat. Auch Chief Mouser to the Cabinet Office. Die Hauskatze in Downing Street Number Ten. Die Katze des britischen Premiers. Oder der Premierministerin. Je nachdem, wer gerade im Amt ist.

Mir musst du nicht erklären, wer oder was der Chief Mouser ist. Und er „gehört“ nicht dem Premier, sondern der jeweilige Regierungschef darf bei ihm wohnen.

Wenn du eh alles weißt, was fragst du dann?

Entschuldige, hab Larry nicht gleich erkannt. Sieht aus wie eine ganz gewöhnliche Katze. Sorry to say. Was macht sein Bild auf deinem Handy?

Ach, ich hab mir gerade angesehen, wie er einen Fuchs in die Flucht schlägt. Sehr eindrucksvoll. Geht gerade viral, das Video. Wusstest du, dass Larry einen Fuchs vertrieben hat, der nachts vor Downing Street Number Ten aufgetaucht ist?

Tell me something new.

Ich finde es lustig, wie der Fuchs abhaut.

Du bist leicht zu unterhalten.

Warum bist du denn so zickig?

Ich bin nicht zickig, ich finde bloß dein Getue übertrieben. Dass sich ein tattriger Fuchs von ihm schrecken lässt, macht Larry doch nicht zum Helden.

Woher willst du wissen, dass der Fuchs tattrig war?

Ein voll fitter Fuchs hätte sich nicht vor Larry gefürchtet.

Bist du neidisch? Gönnst du Larry den Ruhm nicht?

Es missfällt mir, dass diese Promis für jeden Furz gefeiert werden. Larry hat seine Pflicht getan. Ten Downing Street zu bewachen, ist seine Pflicht.

Seine Pflicht ist es lediglich, Mäuse und Ratten zu fangen. Füchse fallen nicht in seine Kompetenz. Wenn ich es richtig verstanden habe.

Trotzdem. Wäre er kein Promi, würde das niemanden interessieren. Auch andere Katzen sind mutig. Falls du darauf bestehst, dass Larry mutig war.

Du weißt, dass Larry aus einem Tierheim kommt? Dem Battersea Dogs and Cats Home?

Ja, und?

Er war einer von euch. Von euch Streunern, meine ich.

Ja, und?

Sollte dich sein Aufstieg nicht freuen? Vom Tellerwäscher zum Millionär – auf Kätzisch sozusagen?

Ein Einzelschicksal. Ändert nichts an struktureller Ungerechtigkeit.

Hm.

Da hab ich recht, oder?

Ja. Aber ich nehm dir nicht ab, dass es dir darum geht. Für mich hört sich das nach kleinlichem Kleinreden an.

Ach. Und was ist mit dem Fuchs?

Was meinst du?

Der Fuchs tut dir nicht leid?

Ich weiß nicht –

Ein stolzer Hausbesitzer, Beamter der englischen Krone, vertreibt einen räudigen Obdachlosen und du klatschst ihm Beifall.

Wer sagt dir, dass der Fuchs obdachlos ist?

Schwacher Einwand. Denkst du, der wagt sich aus purem Übermut mit eingekniffenem Schwanz zur Downing Street Number Ten?

Vielleicht ist er dumm. Hat keine Ahnung, was das für eine Adresse ist.

Setzt du mangelnde Bildung mit Dummheit gleich?

Also, von mir aus, der Fuchs ist ein armes Schwein. Und komm mir jetzt nicht damit, was für kluge und tolle Tiere Schweine sind.

Würde sich aber anbieten.

Was hätte Larry denn tun sollen? Dem Fuchs ein gemütliches Plätzchen im Haus offerieren?

Warum nicht?

Ach, komm.

Ich glaube ja sowieso, dass das eine abgekartete Show war.

Du meinst, die haben das nur gespielt?

Ja.

Wer hätte denn was davon?

Larry. Der Fuchs. Der englische Tourismus. Was glaubst du, warum Larry einen eigenen Twitter-Account hat?

Du meinst, Larry ist ein Marketing Tool?

Und ein eitler Typ. Sonst würde er nicht mitmachen.

Und der Fuchs?

Was weiß ich. Kenne ich seinen Vertrag?

Du bist so ein Miesmacher.

Ich hole dich nur auf den Boden der Realität. Du bist zu naiv.

Darum habe ich dich nicht gebeten. Der Boden der Realität ist mir zu hart.

Dein Pech.

Schon wieder ein neuer Mantel?

Äh. Also … Ja.

Interessant.

Er war preiswert.

Du weißt, unter welchen Arbeitsbedingungen Billigkleidung erzeugt wird?

Ich sagte preiswert, nicht Ramsch. Das heißt, dieser Mantel ist sein Geld wert. Annehmbare Qualität, annehmbarer Preis. Ich kann ihn mir leisten und höchstwahrscheinlich ist er nicht in einem Sweatshop genäht worden.

Höchstwahrscheinlich?

Na, ganz genau weiß man's ja nie.

Das genügt dir?

Notgedrungen.

Welche Not hat dich gezwungen, dir einen neuen Mantel zuzulegen? Ich frage ja nur.

Ach, hör doch auf. Er ist mir einfach zugelaufen.

Zugelaufen? Wie ein – Hund?

Ich hab ihn gesehen und er wollte mit mir kommen. So war das.

Liebe auf den ersten Blick?

Gewissermaßen.

Du bindest dich emotional an Kleidungsstücke?

Natürlich nicht. Obwohl … irgendwie schon.

Gibt's dafür nicht einen psychiatrischen Terminus?

Es reicht! Ich habe einen neuen Mantel. Na und?

Wie viele „alte" Mäntel hast du schon?

Ich habe viele alte Mäntel, weil ich alt bin. Also vergleichsweise. Da sammelt sich was an im Lauf der Jahre.

Wie wär's mit Ausmustern?

Noch haben sie Platz im Schrank. Sie tun niemandem weh. Sie brauchen kein Futter. Und irgendwann einmal kommen sie wieder in Mode.

Vielleicht.

Ja, vielleicht.

Oder auch nicht.

Ja, vielleicht auch nicht.

Es gibt Coaches, die bringen dir bei, wie man sich von Sachen trennt. Wenn du das allein nicht schaffst.

Ich soll jemanden engagieren, damit er mich dazu bringt, meine Mäntel wegzuwerfen, die morgen vielleicht der letzte Schrei sind?

Du kannst deine Mäntel auch verschenken. Niemand verlangt, dass du sie wegwirfst.

Ich spende lieber Geld als alte Mäntel.

Trotzdem.

Ich soll also meinen Schrank leerräumen. Und dann?

Dann hast du einen leeren Schrank.

Wozu?

Für neue Sachen zum Beispiel.

Ich bringe meinen neuen Mantel, wie du siehst, auch in einem vollen Schrank unter.

Deinen neuen Mantel, den du eigentlich nicht brauchst. Weil du schon genug Mäntel hast.

Die ich deiner Meinung nach weggeben soll. Was willst du eigentlich von mir?

Vielleicht stört es mich einfach, dass du dir neue Sachen kaufst, und an mir wird gespart.

Inwiefern wird an dir gespart?

Wann hast du mir zum letzten Mal ein Steak spendiert?

Ach, du liebe Güte, ich hab gedacht, du verwickelst mich in eine Grundsatzdebatte über mein Konsumverhalten, dabei wird das nur eine langweilige egoistische Vorwurfsarie. Wie schade.

Warum schade? Sei froh, bei einer Grundsatzdebatte über dein Konsumverhalten schneidest du nicht gut ab.

Ach geh, ich bin gar nicht so übel. Ich hab eine Schwäche für Klamotten, zugegeben – seit wann sage ich eigentlich Klamotten? Bei uns hat man früher Fetzen gesagt, aber wahrscheinlich versteht das heute niemand mehr, dass Fetzen Klamotten sind. Die lernen ihre Sprache ja nicht mehr von den Eltern, die Kinder, sondern von deutschen Privatsendern. Oder nein, wahrscheinlich von Social-Media-Plattformen –

Du lenkst ab. Das ist nicht das Thema.

Was ist denn das Thema?

Dein Konsumwahn.

Nein, das ist nicht das Thema, weil ich nicht unter einem Konsumwahn leide. Ich konsumiere nicht wahnhaft. Ich hab eine Schwäche für Klamotten, das schon, aber sonst lebe ich sparsam. Maßvoll. Mein Handy ist fünf Jahre alt. Mein Computer noch älter. Mein Badezimmer ist antik. Ich besitze keine Küchenmaschine –

Ja, weil du zu faul zum Kochen bist.

Ist doch egal, warum. Ich habe keine, basta. Und zwar nicht deshalb, weil ich andauernd teuer essen gehe, sondern weil ich mich bescheiden ernähre. Für meine Nudeln mit Parmesan brauche ich keine Küchenmaschine.

Ich kenne jemanden, den du noch bescheidener ernährst.

Ja, dich. Überrasch mich mit was Neuem.

Wozu? Du investierst dein Geld ja trotzdem in neue Mäntel und nicht in mich.

Wer hat gerade ein Burberry-Halsband bekommen?

Gerade? Vor einer Ewigkeit. Und so sieht es auch aus: abgetragen.

Mir bricht das Herz.

Dieser kleine Kläffer, du weißt schon, von deiner Freundin – was denkst du, wie viele Halsbänder der besitzt?

Ich denke, du verachtest den Kläffer –

Tu ich auch.

– und seine Halsbänder.

Es geht ums Prinzip.

Um welches genau?

Dass du weniger an dich denken sollst und mehr an mich.

Du verwechselst hier etwas: Du bist der Hund.

Ja und?

Der Hund ist selbstlos. Dem Hund genügt zu seinem Glück die Nähe seines Menschen.

Und dem Menschen sollte die Nähe seines Hundes genügen!

Nein. Der Mensch braucht zu seinem Glück auch neue Mäntel. Und Champagner.

Du lässt dich jetzt volllaufen?

Ein bisschen.

So viel zu: Ich esse nur ein paar Nudeln mit Käse.

Champagner ist ein hervorragender Begleiter zu Nudeln mit Käse.

Solltest du nicht eher in dich gehen?

Kann nicht. Muss grad mit mir auf meinen neuen Mantel anstoßen.

Hast du das gesehen?

Was? Den Raser?

Ja. Der ist doch mit mindestens hundert hier durchgebrettert.

Wie ein Verrückter.

Durch eine Wohnstraße.

Ja.

Und?

Und was? Solche Arschlöcher gibt es, ich kann es leider nicht verhindern.

Ich wünsche ihm, dass er gegen den nächsten Baum fährt.

Das macht man nicht.

Was macht man nicht?

Man wünscht anderen kein Unglück.

Warum? Wär doch besser, der fährt gegen den nächsten Baum als einen Fußgänger tot.

Ja, schon, aber man sagt so was nicht.

Behauptet wer?

Der Aberglaube.

Hä?

Wenn du wem anderen was Böses wünschst, fällt es auf dich zurück.

Warum?

Zur Strafe.

Ich muss doch nicht bestraft werden. Sondern der, der mit hundert durch eine Wohnstraße rast.

Du wirst bestraft für deinen bösen Wunsch. Weil sich böse Wünsche nicht gehören.

Aber warum gehören sie sich nicht?

Weil du das Universum nicht herausfordern sollst. Nicht du entscheidest, was jemandem zustößt, sondern das Universum. Oder Gott. Oder sonst eine höhere Macht.

Glaubst du das?

Nicht so direkt. Aber mir ist unbehaglich bei der Vorstellung, dass böse Wünsche eine Wirkung haben. Egal, ob auf mich oder auf diejenigen, denen ich was Böses wünsche.

Wenn eh das Universum entscheidet, haben sie vielleicht gar keine Wirkung.

Hm. Vielleicht.

Und deswegen kann man sie beruhigt aussprechen. Dient der Psychohygiene.

Tut es das?

Na klar. Es geht nichts über gesunde Vergeltungsfantasien. Sag bloß, du hast keine.

Doch, aber ich behalte sie für mich.

Wozu? Das Universum durchschaut dich.

Also gut. Der Raser … Ich wünsche ihm, dass er seine Karre zertrümmert.

Nur die Karre?
Ja, nur die Karre.
Sagen wir, es ist ein Anfang.

Ich finde, wir brauchen einen Garten.
Wir? Ich nicht.
Ich schon.
Wozu? Willst du Blumenbeete anlegen?
Das nicht.
Gemüse pflanzen?
Fallen Kalbsknochen unter Gemüse?
Nein.
Auch nicht im weitesten Sinn?
Nein.
Dann geht es mir nicht ums Pflanzen.
Worum geht es dir dann? Ums Löcherbuddeln?
Zum Beispiel.
Löcher kannst auch sonst wo buddeln. Dazu brauchen wir keinen Garten.
Ach ja, wo denn? Im Stadtpark? Im Straßenpflaster? Im Kaffeehaus?
Lass die Opferrolle! Als würde ich dich nur durch die Stadt schleifen.
Tust du doch.
Ich bitte dich! Erst gestern waren wir im Wald.
Vor drei Tagen.

Dann vor drei Tagen. Jedenfalls sind wir regelmäßig in der Natur.

Ich würde gerne in der Natur WOHNEN.

Ich sag dir was: Natur wird hochgradig überschätzt.

Ach ja?

Ich hatte einen Garten. Rasen mähen. Laub rechen. Unkraut jäten. Krieg mit den Nachbarn, wenn du das Unkraut NICHT jätest. Alles in allem:verschenkte Lebenszeit.

Du solltest dich schämen.

Ja, ich weiß. Total retro, dieser Standpunkt. Aber was soll ich machen? Ich bin halt ein Stadtmensch. Und soll ich dir was sagen? All die Bobos, die in ihren schicken Altbauwohnungen Avocadokerne in Blumentöpfe pflanzen, würden schön schauen, wenn sie ihre Samstage mit Gartenarbeit zubringen müssten, statt sich durch ein spätes Frühstück bei ihrem Lieblings-Orientalen völlern zu können. Weil: Unterm verlausten Haselnussstrauch wachsen weder Eier Benedikt noch Hummus oder Schakschuka.

Du bist so was von polemisch!

Und dann kommt noch etwas dazu: Gärten haben die Tendenz, weit draußen an der Peripherie zu liegen. Ein Garten, den ich mir leisten könnte, läge überhaupt am Arsch der Welt. Um es dezent auszudrücken.

Diese Arroganz ist der Grund, warum ihr Großstädter überall sonst im Land total unbeliebt seid.

Ach was, das sind doch lauter Füchse, denen die Trauben zu sauer sind.

Wer?

Diese Provinzler, die auf die Großstadt schimpfen.

Glaubst du das wirklich?

Na gut, vielleicht gefällt es ihnen ja tatsächlich an ihren Dorfstammtischen zwischen Baumarkt und Lagerhaus. Ich schreibe niemandem sein Paradies vor.

Wenn du so eine Großstadtpflanze bist, warum nimmst du dir dann einen Hund?

Was ist daran unpassend? Die Großstadt ist voller Hunde. Schon mal um dich geschaut?

Ja, viele Hunde. Das heißt nicht, dass es passend ist.

Ich finde, du hättest es schlechter treffen können. Wir gehen auf die Hundewiese. Und am Donaukanal entlang. Und in den Wald –

– und in Buchhandlungen und Boutiquen und Kaffeehäuser.

Ja, das auch. In diesem, du weißt schon, Boarding House haben sie mir gesagt, du seist nicht der Typ, der viel Auslauf braucht.

Die hatten keine Ahnung.

Geh bitte, im Sommer, beim Aufstieg auf den Leopoldsberg, da warst du ganz schön geschafft, du Supersportler.

Es war Sommer! Es war heiß! Es ging steil bergauf!

Wer bist du, dass du ein bisschen Hitze nicht verträgst? Ein Schlittenhund?

Vielleicht.

Du siehst nicht so aus.

Urteile nicht vorschnell nach dem Aussehen.

Woran sonst soll ich einen Schlittenhund erkennen? An seinem Personalausweis?

Alles, was ich möchte, ist ein Garten.

Zum Löcherbuddeln.

Genau.

Alles, was du möchtest, ist Löcher buddeln auf deinem eigenen Grund und Boden.

Genau.

Wie jeder normale, durchschnittliche Hund.

Genau.

Deins. Gehört dir. Nur dir. Das möchtest du.

Genau.

Ich korrigiere mich: Nicht die Natur wird überschätzt, sondern das Eigentum daran. Der Lustgewinn aus dem eigenen kleinen Territorium. Du denkst, du kannst darin buddeln, so viel du willst. Aber da sind andere Hunde rundherum. Denen missfallen vielleicht deine Löcher. Und dann kommen sie dir mit der Gemeindeordnung, derzufolge du nur kreisrunde Löcher buddeln darfst. Oder quadratische. Je nachdem. Außerdem: Hast du nicht erst vor Kurzem gesagt, die Natur sollte allen gehören?

Nachdem ich herausgefunden habe, dass sie das nicht tut, möchte ich wenigstens mein eigenes Stück davon.

Und auf dem sitzt du dann und bellst alle weg, die dir nahekommen?

Nein. Keineswegs.

Du bist gastfreundlich?

Nein. Immobilien erwirbt man nicht, um gastfreundlich zu sein.

Sondern?

Ganz einfach: Ich werde meine Natur vermieten. Wenn ich grade nicht buddle, vermiete ich. Stundenweise.

Schreib doch einmal etwas über einen langweiligen Typ, der ständig auf dem Sofa herumlungert und am Telefon hängt, statt was mit uns zu unternehmen.

Warum soll ich so was schreiben?

Du müsstest dann nichts erfinden.

Das stimmt.

Warum hängt er denn dauernd am Telefon?

Er ist eine Kummernummer.

Für wen?

Kolleginnen. Freundinnen. Ex-Freundinnen. Die Frauen von Kollegen.

Ich vermisse die Worte „Freunde“ und „Kumpel“.

Was? Oh nein, er ist ein Frauenversteher.

Was ist das?

Er hört Frauen zu. Sie beklagen sich, dass ihre Männer sie nicht genügend anbeten, und er sagt ihnen, dass ihre Männer sie nicht verdient haben. Daraufhin seufzen sie, sie hätten gern einen Mann wie ihn. Da ist er dann stolz auf sich.

Hätten sie denn gern einen Mann wie ihn?

Das glaube ich nicht. Die würden schön schauen, wenn sie draufkämen, dass er dauernd damit beschäftigt ist, andere Frauen zu verstehen. Dann hätten sie ja wieder keinen, der sie anbetet.

Was ist mit dir? Hast DU gern so einen wie ihn?

Na ja, am Anfang hab ich geglaubt, er hört exklusiv nur mir zu, um mich allein zu verstehen. Erst nach einer Weile bin ich draufgekommen, dass er auch noch so viele andere verstehen muss.

Hört er DIR überhaupt noch zu?

Nicht mehr so richtig. Ich sage ihm ja auch nicht, ich hätte gern einen Mann wie ihn, ich habe ihn doch schon. Deswegen muss er mich auch nicht mehr verstehen. Bei uns sollte ich diejenige sein, die stolz auf ihn ist.

Bist du?

Rate.

Ich sage ja, du brauchst einen richtigen Kerl. Aber du hast behauptet, du bist zufrieden mit dem hier.

Er hat auch seine netten Seiten.

Ach ja, er kennt sich aus mit mittelalterlichen Liebesgedichten. Hab ich vergessen. Toll.

Minnelyrik ist nicht dasselbe wie Liebesgedichte –

Quak, quak. Schon falle ich in einen hundertjährigen Schlaf.

Okay, was verstehst du denn unter einem richtigen Kerl?

Einen … einen Mann der Tat.

Welcher Tat?

Der guten Tat.

Er vollbringt doch gute Taten. Er hört Frauen zu und versteht sie.

Gute Taten für dich. Er soll für dich was tun.

Was?

Was weiß ich. Deinen Keller aufräumen. Für dich in den Supermarkt gehen. Das neue Regal zusammenbauen. Den Lichtschalter austauschen.

Das wäre schön.

Aber?

So was kann er nicht.

Warum?

Er ist ein Intellektueller.

Ein – was?

Er hat's nicht so mit den praktischen Dingen.

Sondern?

Er weiß viel –

Unpraktisches?

Könnte man so sagen.

Er weiß viel und kann wenig.

Also, nein –

Wie du.

Was?

Du weißt auch jede Menge unnützes Zeug. Aber ein Regal zusammenbauen kannst du nicht. Dein Keller ist ein Saustall. Und du fährst nicht zum Supermarkt, obwohl ich keine Kauknochen mehr habe.

Das ist unverzeihlich.

Ist es. Was ich sagen will –

Was willst du sagen?

Dass er nicht zu dir passt. Ihr passt nicht zueinander.

Ihr könnt dieselben Sachen nicht. Das bringt nichts. Nimm dir einen, der dir nicht so ähnlich ist.

Ach, und woher?

Was weiß ich. Schau halt auf so eine Dating-Plattform, oder wie das heißt.

Und dort suche ich einen, der Lichtschalter tauschen kann?

Zum Beispiel.

Ich brauche doch keine Dating-App, um einen Handwerker zu finden!

Sag das nicht. Handwerker sind Mangelware.

Du musst das auseinanderhalten, Reparaturarbeiten und romantische Gefühle.

Ach was, romantische Gefühle! Wenn man zusammenbleiben will, dann braucht es mehr als romantische Gefühle.

Du redest von so was wie der guten alten Vernunftheirat?

Vernunft ist nie falsch.

Ja, eh. Aber das Schöne ist, ich kann es mir leisten, unvernünftig zu sein.

Das klingt, als würdest du mit einem super spannenden Abenteurer in ein wildes, verwegenes Leben aufbrechen. Der langweilige Typ auf dem Sofa ist aber keiner, für den es sich lohnt, unvernünftig zu sein.

Du lässt mir keine Illusion.

Dazu bin ich da.

Nein, dazu bist du nicht da. Du bist dazu da, um anbetend zu mir aufzuschauen. Hündisch.

Das ist mein Job?

Ja.

Hast du keinen besseren?

Geh zum Sofa und beiß den Langweiler ins Knie.

Dein Kerl hat zwei linke Hände, oder?

Ja.

Und du auch, richtig?

Ja.

Und was war noch mal deine Ausrede dafür?

Wir sind, na ja, äh –

Intellektuelle?

Könnte man vielleicht so sagen.

Intellektuell heißt gebildet, richtig?

Unter anderem.

Inwiefern hindert einen die Kenntnis des Alphabets daran, praktische Fertigkeiten zu erwerben? Erklär mir das.

Ich sage ja nicht, dass Intellektuelle grundsätzlich unpraktisch veranlagt sind.

Nur DEIN Kerl ist unfähig, einen Hammer in die Pfote zu nehmen?

Er ist einer von denen, die auf diesem Sektor nicht brillieren. Um es euphemistisch auszudrücken.

Vielleicht hat ja seine handwerkliche Unfähigkeit gar nix mit seinem Verstand zu tun? Mit seinem überragenden Verstand, wie du sicher sagen würdest.

Also –

Möglicherweise ist er einfach nur ein handwerklicher Depp –

Äh –

– ohne dass er einen überragenden Verstand hat?

Also, intelligent ist er schon.

Oder aber er ist bloß faul? Vielleicht ist er gar nicht ungeschickt, sondern nur faul?

Worauf willst du hinaus?

Auf falsche Kausalitäten. Nimm mich zum Beispiel. Ich kann auch keine Regale zusammenbauen. Oder Lichtschalter tauschen. Oder Keller aufräumen. Würdest du sagen, das liegt daran, dass ich ein Intellektueller bin?

Na ja, du bist ein Hund.

Genau. Handwerkliche Unfähigkeit kennzeichnet also möglicherweise nicht unbedingt den Intellektuellen. Oder, anders gesagt: Einer, der keinen Lichtschalter tauschen kann, ist vielleicht ein Intellektueller. Vielleicht aber auch ein Hund.

Das ist gefinkelt.

Nein, das ist logisch. Und dann, der Umkehrschluss: Indem du sagst, dein Kerl ist zu gescheit, um ein Regal zusammenzubauen, sprichst du allen, die Regale zusammenbauen, ab, dass sie so gescheit sind wie er.

Nein, das tue ich natürlich nicht!

Ach was, das ist üblich. Die Kopfmenschen, sofern sie was Kopfiges studiert haben, blicken auf die Handmenschen herab.

Während deiner Meinung nach die Kopfmenschen die wahren Deppen sind?

Das oder eben begnadete Faulpelze. Denk an das Gerümpel in deinem Keller. Welche handwerklichen Fähigkeiten braucht man, um dort Ordnung zu schaffen?

Vermutlich keine.

Richtig. Aber was sagt ihr? „Ich kann so was nicht." „Das liegt mir nicht." Als müsste man zum Aufräumen geboren sein.

Herrgott! Wir haben einfach keine Lust dazu!

Dann sag das. Aber sag nicht, ihr seid zu klug dazu. Oder zu akademisch. Oder dass ihr höhere Interessen habt.

Es klingt aber besser.

Mach dir doch nichts vor. Niemand findet deinen Kerl nobelpreisverdächtig, wenn du sagst, dass er zwei linke Hände hat.

Nein, die meisten Leute finden ihn einfach gescheit, weil er gescheite Sachen sagt. Und ich sage, seine linken Hände sind mir egal, solange er gescheite Sachen von sich gibt.

Sehr genügsam. Du hättest was Besseres verdient.

Ich weiß.

Das lässt mich hoffen.

Was hast du Schreckliches getan?
Ich habe gesagt, dass ich kein Geld habe.
Du hast gelogen?
Nein, ich hab es gesagt, weil ich kein Geld habe.
Du hast die Wahrheit gesagt?
Ja.
Was ist so schrecklich an der Wahrheit?
Man sagt nicht, dass man kein Geld hat, wenn es stimmt, dass man keines hat.
Das versteh ich nicht.
Man darf sagen, dass man kein Geld hat, wenn man reich ist. Reiche Leute sagen ständig, dass sie kein Geld haben, vor allem, wenn sie welches hergeben sollen. Das ist okay, weil alle wissen, dass es nicht stimmt. Aber man darf nicht sagen, dass man arm ist, wenn man arm ist.
Hä? Man darf behaupten, kein Geld zu haben, sofern man mit dieser Behauptung nur seinen Geiz kaschiert?
Richtig.
Aber man darf nicht sagen, dass man kein Geld hat, wenn man nicht geizig, sondern tatsächlich knapp bei Kasse ist?
Richtig.

Warum?

Weil es peinlich ist.

Was ist peinlich?

Kein Geld zu haben. Das bringt die anderen in Verlegenheit.

Inwiefern?

Sie wissen dann nicht, was sie darauf sagen sollen.

Vielleicht „Das tut mir aber leid"? Oder „Ach, du Arme"?

Niemand will Arme kennen. Oder mit ihnen befreundet sein.

Nein?

Nein. Die wohlhabenden Kreise wollen unter sich bleiben. Entweder du gehörst dazu oder nicht. Indem du sagst, dass du nicht wohlhabend bist, schließt du dich aus.

Und die Armen?

Wollen lieber als wohlhabend gelten. Deswegen sagen sie nicht, dass sie arm sind.

Woran erkennen die Wohlhabenden, ob einer, der sagt, dass er kein Geld hat, bloß geizig ist oder wirklich arm?

Das merkt man. Geiz ist ein gutes Indiz.

Geizig zu sein ist weniger diskriminierend als arm zu sein?

Geizig zu sein zeigt, dass du wirtschaften kannst.

Die Reichen haben ihren Reichtum erwirtschaftet, indem sie geizig waren?

Nein, meistens haben sie ihn geerbt. Aber sie tun gern so, als hätten sie ihn erwirtschaftet. Mit ihrer Tüchtigkeit.

Wer tüchtig geerbt hat, ist tüchtig?

Ja.

Was hast du dir denn bloß gedacht, als du gesagt hast, du hast kein Geld?

Keine Ahnung. Vielleicht habe ich mir Schonung erhofft. Du weißt schon, so wie bei euch, wenn sich einer auf den Rücken wirft und seine Kehle zeigt.

Dann ist er ein Wappler.

Ja, trotzdem seid ihr nett zu ihm.

Na ja. Wir beißen ihn nicht tot. Das heißt aber nicht, dass wir ihn mögen.

Verstehe. Totgebissen werde ich auch nicht.

Was wird passieren, jetzt, da du die schreckliche Wahrheit gesagt hast?

Man wird sie entweder taktvoll übergehen oder mir künftig ausweichen. In keinem Fall wird man vergessen, dass ich die Spielregeln verletzt habe.

Die Spielregeln?

Ja, die Spielregeln, die da lauten: Man belästigt andere nicht mit unerfreulichen Befindlichkeiten.

Ich verstehe noch immer nicht, wie es zu deinem peinlichen Geständnis gekommen ist. Was war der Anlass?

Ich sollte mich an einem Hochzeitsgeschenk beteiligen. Und zwar mit einer runden Summe.

Ja, und?

Du weißt doch, ich war eingeladen –

Ja. Ohne mich!

Komm schon. Die haben halt schreckhafte Katzen.

Hysterische Katzen.

Wie auch immer. Jedenfalls wurde darüber geredet, dass die Tochter von Max und Mimi, du kennst sie nicht, bald heiratet und sich Flitterwochen auf den Malediven wünscht. Eine hat gesagt, da könnten wir doch gemeinsam dazu beitragen. Die anderen waren begeistert.

Du nicht.

Weißt du, was so ein Fünf-Sterne-Maledivenurlaub kostet?

Nein. Ich bin ein Hund.

Sie haben ausgerechnet, wie viel auf jeden von uns entfallen würde.

Und?

Mir ist die Luft weggeblieben.

Du hättest sagen können, du hast schon ein anderes Geschenk.

Man kann nicht einfach schenken, was man will. Da gibt es Hochzeitslisten. In die trägst du dich ein. Und wenn du spät dran bist, was ich leider bin, bleiben nur noch die sündteuren Sachen übrig.

Auch nicht besser.

Genau.

Du sagst doch, die sind alle geizig. Warum machen sie dann teure Hochzeitsgeschenke?

Damit ihre Kinder ebenfalls teure Geschenke kriegen, wenn sie einmal heiraten. Oder weil ihre Kinder schon teure Geschenke zur Hochzeit bekommen haben.

Das Ganze ist also ein Handel?

Ja. So könnte man sagen.

Warum investierst du dann nicht auch in ein Geschenkguthaben für deinen Sohn?

WEIL ICH KEIN GELD HABE!!!

– – – Ja. Ach ja. Äh. Hm. Blöd gelaufen.

Richtig.

– – – Ich kann dir sagen, was dein Kapitalfehler war.

Nämlich?

Man befreundet sich nicht mit Menschen, die hysterische Katzen haben.

Du warst sehr freundlich zu dem kleinen Kind.

Natürlich.

Inwiefern?

Inwiefern was?

Inwiefern es deiner Natur entspricht, freundlich zu kleinen Kindern zu sein.

Hast du erwartet, dass ich nach ihm schnappe? Dann wäre es aber verdammt verantwortungslos gewesen, mich in seine Nähe zu lassen.

Nein, hab ich nicht. Aber du hättest dich ja auch zurückziehen können. Ihm aus dem Weg gehen. Dich vor ihm verstecken.

Ich mag Kinder.

Ja?

Ja, sie tun mir leid. Sind euch ausgeliefert so wie wir, ohne das durch geistige Überlegenheit kompensieren zu können.

Was heißt ausgeliefert? Wir halten sie ja nicht in Gefangenschaft. Wir lieben sie und sorgen für sie, weil sie das selber nicht können. So wie für euch.

WIR können für uns sorgen.

Ich werde dich bei Gelegenheit daran erinnern.

Ich sagte, wir können. Ich sage nicht, dass wir es unbedingt wollen.

Du bist also ein Kinderfreund?

Ich mag Kinder als Spezies, aber ich mag nicht alle ihre Vertreter. Falls dich das beschäftigt.

Dieses Kind eben hat dich an den Ohren gezogen.

Es war noch klein. Es wusste nicht, dass es mir wehtut.

Welpenschutz?

Richtig.

Es hat ausgesehen, als wärst du entzückt von dem kleinen Ungeheuer. Du hast dich auf den Rücken gerollt und deinen Bauch hergezeigt und ihm die Händchen geleckt.

Oh, ich habe ihm auch das Gesicht gewaschen.

Was?

Ja, als niemand hergesehen hat. Ich weiß, dass erwachsene Menschen darauf mit unangemessenem Gekreisch reagieren. Aber Kinder schätzen es.

Offenbar. Sonst hätte der Wicht wohl geschrien.

Er hat gegluckst vor Vergnügen.

Und du? Du hast auch gegluckst?

Gewissermaßen.

Wie kommt es, dass manche deiner Artgenossen Kinder brutal beißen?

Wie kommt es, dass manche deiner Artgenossen Kinder prügeln? Oder Bomben auf sie fallen lassen?

Die Frage ist berechtigt. Aber ich weiß keine Antwort.

Sie SIND euch ausgeliefert, gib es zu.

Ich gebe es zu.

Wenn sie Glück haben, liebt ihr sie und sorgt für sie. Aber wenn sie Pech haben …

Ich weiß.

Manche von uns beißen. Aber wir misshandeln unsere Jungen nie aus Freude an der Misshandlung. So was macht nur ihr.

Ja. Ja, ich weiß.

Ich möchte es bloß festgehalten haben.

Hör auf, mich stellvertretend für die Menschheit durch die Gegend zu watschen.

Du hast angefangen. Du hast dich gewundert, dass ich freundlich war zu dem kleinen Kind. Das war kränkend.

Ich habe mich über das Ausmaß deiner Freundlichkeit gewundert. Du warst geradezu überschwänglich.

Eifersüchtig?

Ein bisschen.

Mein Gott. Muss ich dir jetzt das Gesicht waschen?

Also: Reich wird man, indem man erbt. Sagst du. Wieso erbst du nicht einfach?

In meinem Alter erbt man nicht. Da VERerbt man. Sofern man was zu vererben hat.

Wieso hast du denn nicht rechtzeitig GEerbt?

Es könnte damit zu tun haben, dass meine Ahnen nicht reich waren.

Ach ja, Working Class. Hab ich vergessen.

Sozusagen.

Was ist, wenn du dir einen reichen alten Zausel anlachst, den du beerben kannst?

Reiche alte Zausel vererben ihr Vermögen jungen Goldgräberinnen von zwielichtiger Herkunft.

Du bist zu alt für alte Zausel?

Ja. Und außerdem will ich gar nicht erben.

Warum nicht?

Erben heißt, dass jemand stirbt.

Und?

Ich will mich nicht freuen, dass jemand gestorben ist.

Du könntest ja einen beerben, den du zu Lebzeiten nicht leiden konntest.

Warum hätte der mir dann sein Vermögen vermachen sollen?

Oder einen, den du nie gekannt hast.

Den berühmten Onkel aus Amerika?

Zum Beispiel.

Wenn ich einen Onkel in Amerika habe, ist er sicher nicht reich.

Wer weiß? Die Hoffnung stirbt zuletzt.

Feinfühlig gewählte Metapher. Alle Achtung.

Na gut. Erben fällt aus. Was ist mit Glücksspiel?

Ich hab noch nie von einem Lottosechser geträumt. Ich möchte nicht vom Zufall belohnt werden, sondern für meine Leistungen.

Dieses Konzept geht offensichtlich nicht auf. Du musst umdenken.

Wie?

Was ist mit Aktienspekulationen?

Ich verstehe nichts von Aktien.

Wovon verstehst du denn etwas?

Ich verstehe etwas von Dingen, die anscheinend kein Geld bringen.

Das ist deprimierend.

Ich möchte gar nicht reich sein. Also, so richtig reich. So reich, dass ich ein schlechtes Gewissen haben muss.

Die Reichen haben ein schlechtes Gewissen?

Ich glaube nicht. Deswegen eignen sie sich vermutlich zum Reichsein.

Und du eignest dich zum Armsein?

Das wieder nicht. Ich würde mich für etwas eignen, was ich den moralisch vertretbaren Luxus nenne.

Was soll das sein?

Überschaubarer Überfluss. Ein bisschen zu viel von allem, aber nicht so viel zu viel, dass aus dem Überfluss Überdruss wird.

Sehr brav. Aber wer lobt dich dafür? Ich nicht.

Was regst du dich auf? Du hast doch alles, was du brauchst.

Gutes Stichwort. Du hast mich hoffentlich testamentarisch abgesichert?

Was war noch mal deine Kleidergröße?

Kommt auf das Label an. Warum?

Ich frage nur, weil du dir schon die dritte Schokobrezel reinziehst.

Na und?

Ich frage nur, weil du mir erst neulich erklärt hast, dass du unbedingt in Kleidergröße 38 passen musst. Was immer das bedeutet.

Es kann sein, dass ich in letzter Zeit ein bisschen zugenommen habe.

Es muss sein. Weil du nämlich Futter in dich reinschaufelst wie ein Lawinensuchhund.

Fressen die viel?

Ich stelle mir vor, sie haben einen hohen Kalorienverbrauch. Anstrengender Job.

Na ja, mich strengt mein Job auch an.

Körperlich?

Das weniger.

Versteh mich richtig: Mir ist deine Kleidergröße egal.

Glaub ich dir.

Oder vielleicht nicht ganz egal. Beweglich solltest du schon bleiben. Wer macht uns sonst den Haushalt?

Davon, unbeweglich zu sein vor Übergewicht, bin ich ja wohl weit entfernt.

Wehret den Anfängen.

Jetzt mach aber einen Punkt!

Das würde mir leichterfallen, wenn du bei mir nachsichtiger wärst.

Okay, du hast ja recht. Meine Hosen kneifen. Meine Jacken spannen. Gestern habe ich mich zufällig in einer Auslage gespiegelt gesehen und bin richtig erschrocken über die walzenförmige Frau, die da plötzlich aufgetaucht ist.

Jetzt übertreibst du.

Das Problem ist: Mir schmeckt's einfach.

Perverse Welt – das sollte doch kein Problem sein!

Und ich fresse aus Frust. Hab grad eine Schaffenskrise, glaub ich.

Mach halt eine Schaffenspause.

Unmöglich. Ich muss Abgabetermine einhalten.

Was ist mit Sport zum Ausgleich?

Ich mache jeden Morgen zehn Kniebeugen. Mehr Sport geht nicht.

Lächerlich. Wir könnten laufen.

Meine Schaffenskrise hat leider noch eine Reihe anderer Aversionen zur Folge. Eine davon ist, ich mag nicht laufen.

Das mochtest du doch noch nie.

Offenbar hab ich die Schaffenskrise schon sehr lange.

Weißt du was? Mir doch wurscht, wie viele Schokobrezeln

du in dich hineinstopfst. Aber setz MICH! nie mehr auf Diät!

Ich finde, wenigstens einer von uns sollte auf Diät sein.

Du.

Nein, das würde mich frustrieren. Mehr Frust, mehr Nahrungszufuhr.

Noch mal: Mir ist deine Kleidergröße egal. Aber dir nicht. Und ich hab keine Lust, deine schlechte Laune auszuhalten, wenn du aus dem Leim gehst.

Das bringt mich auf die alte Henne-Ei-Problematik. Vielleicht bin ich ja in der Krise, WEIL ich aus dem Leim gegangen bin. Und erst der Frust darüber erzeugt diese Gier nach Schokobrezeln.

Lenk dich ab. Denk an was anderes.

Gute Idee. Ich mache mich fein und fahre zu dieser Vernissage.

– – – Warum plärrst du denn so?

Siehst du diese bildschöne schwarze Satinhose?

Ja. Und?

ICH PASSE NICHT HINEIN!!!

– – – Armagnac-Pflaumen? Im Ernst?

Weil's eh schon wurscht ist.

Jetzt gehst du nicht zu dieser Vernissage, nur weil du nicht in die schwarze Hose passt? Im Ernst?

Sei froh. Du hasst es doch eh, wenn ich ohne dich fortgehe.

Das ist nicht das Thema.

Sondern?

Das weißt du.

Ich wollte mich schön machen. War nicht möglich. Bin zu fett dazu. Ist es das, worüber du mit mir reden willst?

Jetzt denk doch einmal nach. Worum geht es auf einer Vernissage? Um die Kunstwerke dort oder um dich?

Jedenfalls nicht ausschließlich um die Kunstwerke. Wenn es einem nur um die Kunstbetrachtung geht, kann man Vernissagen auslassen. Zu viel Gedränge.

Vernissagen sind mehr eine Menschenausstellung?

Könnte man so sagen.

Und du stehst im Mittelpunkt?

Nein, natürlich nicht.

Du bist bloß ein Ausstellungsstück unter vielen? Dann mach doch nicht so ein Theater.

Ich möchte aber das Gefühl haben, dass ich mittelpunkttauglich wäre.

???

Sagen wir so: Ich entspreche einfach nicht der Vorstellung, die ich von mir habe.

Wie stellst du dir dich vor?

Schlank. In einer schwarzen Satinhose.

Dann mach dir eben ein anderes Selbstbild und freunde dich damit an.

Ich kann mich mit der walzenförmigen Frau nicht anfreunden, die ich im Schaufensterspiegel erblickt habe.

Warum? Sei souverän. Erkläre Walzen zu einem Schönheitsideal.

Das sagt sich so einfach.

Also, ich verstehe diesen Schlankheitswahn nicht. Ich habe Windhunde noch nie schön gefunden.

Ich finde sie elegant. Ich sehe mich als Windhund und nicht als Bulldogge.

Na ja, vielleicht warst du einmal ein Windhund, aber mit der Zeit –

– werde ich zum Mastiff? Vielen Dank auch.

Sei ein bisschen flexibel.

Ich will nicht flexibel sein, ich will schlank sein!

Dann verzichte auf Schokobrezeln.

Ich will schlank sein, ohne zu verzichten.

Jetzt bist du kindisch.

Ich will kindisch sein!

Was bringt dich denn darauf, dass du viel schöner bist, sobald du in diese schwarze Hose passt?

Möchtest du mir sagen, bei mir ist sowieso Hopfen und Malz verloren? Du bist vielleicht ein Meister des Tröstens.

Ich will dich nicht trösten, ich will dich zur Vernunft bringen.

Ich will nicht vernünftig sein, sondern schlank und unwiderstehlich … Was tust du?

Ich suche die Hundekekse.

Warum?

Du machst mich zum Frustfresser.

Dein Michael. Gut in Boston gelandet?

Ja. Alles okay. Seit wann bist du besorgt um ihn?

Bin ich gar nicht. Ich wollte nur wissen, ob er wieder weit genug weg ist.

Ach, komm.

Wie war das eigentlich mit euch? War dir sofort klar, dass er der Richtige ist?

Warum fragst du?

Ich überprüfe den Wahrheitsgehalt sentimentaler menschlicher Narrative. Also, wie war's?

Wie im Märchen. Ich habe ihn gesehen, ein Blitz hat mich getroffen und ich habe gewusst: der oder keiner.

Nicht dein Ernst.

Nein.

Also, wie war es dann?

Er war mir sympathisch. Ich habe ihn klug gefunden. Ich habe festgestellt, dass ich gern mit ihm beisammen bin. Nach und nach ist er mir ans Herz gewachsen.

Aber nicht so sehr, dass du seinetwegen nach Boston übersiedeln wolltest.

Ach, weißt du, wir waren beide sehr erwachsen, als wir einander gefunden haben. Wir hatten beide ein eigenes

Leben. Und diese Leben kombinieren wir eben, so gut es geht.

Aber ist er der Richtige?

Was verstehst du darunter?

Dass du dir keinen anderen als Freund-Partner-Lebensgefährten vorstellen kannst. Wenn wir meine Unübertrefflichkeit einmal beiseitelassen und uns auf das menschliche Angebot konzentrieren.

Vorstellen kann ich mir alles Mögliche. In der Realität sehe ich jedoch keine besseren Optionen.

Das klingt verdammt unromantisch.

Was wäre romantisch? Vom total idealen Supertyp zu fantasieren und enttäuscht zu sein, weil er nicht um die Ecke biegt?

Warst du schon immer so pragmatisch?

Nein. Als ich jung war, habe ich nach der großen Liebe gesucht.

Und sie nicht gefunden?

Doch, ein paarmal.

Und?

Meine großen Lieben waren nicht haltbar. Damals habe ich vielleicht zu sehr auf Romantik gesetzt. Romantik nützt sich ab. Danach stellen sich die Unvereinbarkeiten heraus.

Ich hoffe ja immer noch, dass du diesen langweiligen Frauenversteher, der alle Frauen versteht außer dir, einmal über hast.

Warum? Er tut dir doch nichts.

Er wird wieder auftauchen.

Ja. Das schon.

Ich hoffe ja immer noch, dass uns der athletische Mountainbiker über den Weg läuft, den ich mir ursprünglich als Lebensgefährten vorgestellt habe.

Was sollte ich mit so einem anfangen?

Oder wär dir ein Wildwasserpaddler lieber?

Was sollte so einer mit mir anfangen? Abgesehen davon: Seit wann bist du wasseraffin?

Seit wann bin ich es nicht?

Seit du bei Regen nicht aus dem Haus willst?

Das kann man doch nicht vergleichen.

Doch, wie du siehst. Außerdem: Wieso suchen wir nach einem Lebensgefährten für DICH? Wenn wir schon suchen.

Das siehst du falsch, ich suche nach einem für dich, der auch zu mir passt.

Ah ja.

Ja. Ich will immer nur das Beste für dich. Vergiss das nicht.

Hat diese Tochter tatsächlich „Halt die Klappe!“ zu ihrer Mutter gesagt?

Ja. Eindeutig.

Und „Du nervst, Alte!“?

Ich fürchte, ja.

Und warum hat sich die Mutter das gefallen lassen?

Was hätte sie tun sollen?

Knurren? Zähne zeigen? Beißen?

So was machen wir nicht.

Ein großer Fehler.

Ach, weißt du, dieses Kind ist in der Pubertät.

Und?

Man muss Verständnis haben. Die Hormone und alles. Teenager haben es schwer.

Ich hatte eher den Eindruck, die Mutter hat es schwer.

Ja, das auch.

Ihr habt das mit dem Welpenschutz irgendwie missverstanden. Bei euch sind die Kinder sogar noch Welpen, wenn sie selber schon Kinder haben.

Mir geht dieser Fratz ja auch gegen den Strich. Aber ich mische mich nicht ein.

Vielleicht solltest du dich einmischen. DU könntest knurren. Wäre vielleicht eindrucksvoller, als wenn es die Mutter tut.

Vielleicht. Oder die Mutter ist mir böse, weil ich ihr geliebtes Kind attackiere. Sie ist eine alte Freundin, weißt du. Ich möchte unsere Freundschaft nicht gefährden.

Stattdessen gefährdet das geliebte Kind eure Freundschaft.

Inwiefern?

Na, die Stimmung war doch im Keller. Und du siehst nicht aus, als würdest du die zwei so bald wieder besuchen wollen.

Nein, das nächste Mal treffe ich die Mutter im Café. Allein.

War dein Sohn auch so?

Er war … schwierig. Ich bin froh, dass ich diese Zeit hinter mir habe.

Hast du dich zur Wehr gesetzt?

Ich habe ihm schon die Zähne gezeigt. Aber es hat ihn nicht sonderlich beeindruckt.

Ich sage ja nicht, dass sie dem Fratzen an die Gurgel gehen soll, deine Freundin. Aber dass sie bloß hilflos lacht …

Sie hat sich halt geniert fürs geliebte Kind. Also hat sie versucht, das Ganze als Witz hinzustellen.

SIE geniert sich? Warum nicht die Tochter?

Weil die Mutter denkt, es liegt an ihrer Erziehung.

Die Tochter ist doch kein Kleinkind. Ab wann sind denn bei euch die Jungen einmal selber verantwortlich für ihr Benehmen?

Na ja, eigentlich hören wir nie auf, unseren Eltern die Schuld zu geben. Das hat sich so eingebürgert.

Ihr tut mir leid. Soll ICH dem Fratzen das nächste Mal die Zähne zeigen?

Untersteh dich.

Schade.

Sag, hat dein Sohn eigentlich auch einen Vater?

Hatte. Ja.

Was ist aus ihm geworden?

Gestorben.

Du bist Witwe?

Nein. Wir haben uns lang vor seinem Tod getrennt.

Warum?

Es war eine, wie man so sagt, dysfunktionale Verbindung. Mein Fehler. Ich hab mich einen Hauch zu spät zur Familiengründung entschlossen. Da waren die guten Papis schon alle aus. Also hab ich eine Familie mit einem schlechten Papi gegründet.

Er war ein schlechter Mensch?

Nein. Nicht Mensch, sondern Vater. Zum Vater hat er nicht getaugt. Wollte nicht erwachsen werden.

Warum gründest du mit so einem eine Familie?

Hab gedacht, das wächst sich aus. Das war aber ein Irrtum. Er ist nur älter geworden, nicht erwachsener. Im Gegenteil.

Er wurde kindisch?

Na ja, nicht direkt kindisch. Obwohl, in gewisser Weise schon. Wenn einer mit über vierzig findet, eigentlich sei er zu jung, um sich ins Joch einer geregelten Tätigkeit zwingen zu lassen, dann ist das wohl ziemlich kindisch.

Ist er wenigstens ungeregelten Tätigkeiten nachgegangen?

Zeitweise. Mal hat er gut verdient, mal gar nichts. Wenn er gut verdient hat, hat er das Geld mit beiden Händen zum Fenster hinausgeworfen. Wenn er nichts verdient hat, hat er mich angepumpt. Oder unseren Sohn. Ehrlich.

Na ja, wenn er vorher enorm großzügig war –

Hallo, du meinst, wir haben viel abgekriegt von dem Geld, das er zum Fenster hinausgeworfen hat?

Habt ihr nicht?

Er hat sich teure Autos gekauft. Und edle Uhren. Und Maßanzüge beim Nobelschneider. Solche Sachen. Einmal hat er dem Kind eine Golfausrüstung geschenkt. Das Kind wollte aber nicht golfen. Es war vier.

Was hast du an diesem Arschloch bloß gefunden?

Seine Sorglosigkeit hatte so was Mitreißendes. Am Anfang.

Kein Wunder, dass du dir jetzt von diesem Typ aus Boston den Kühlschrank leerfressen lässt. Du bist so was gewöhnt.

Und schon hackst du wieder auf Michael herum.

Auf deinem verblichenen Ex-Gatten herumzuhacken hätte wenig Sinn. Den bist du ja eh schon los.

Weil wir bei Typen sind, die sich durchfüttern lassen: Was ist mit dir? Wo bleibt dein Beitrag zum Haushaltsgeld?

Du weißt, wie es um meine Finanzen steht.

Du könntest arbeiten.

Was?

Was kannst du?

Ich fürchte, meine Talente sind auf dem Arbeitsmarkt nicht gefragt.

Ich weiß nicht … Ich könnte versuchen, dich beim Film unterzubringen. Oder beim Fernsehen. „Kommissar Herbert". „Herbert mit der kalten Schnauze". „Vier Pfoten für ein Halleluja". Wie gefällt dir das?

Das ist mir alles zu reißerisch. Ich tendiere mehr zu Arthouse-Projekten.

Die spielen doch nix ein. Da bin ich dagegen.

Dann musst du dir meine Filmkarriere abschminken.

It's tea time, isn't it?

Das heißt, du hättest gerne einen kleinen Snack?

Ja, so könnte man auch sagen.

Du mit deinem England-Fimmel. Deine geliebten Briten sind recht streng, was die Einreise von Hunden betrifft. Ohne Mikrochip, Tollwutimpfung und nachgewiesene Bandwurmbehandlung vor dem Grenzübertritt hast du keine Chance. Und die Bandwurmbehandlung darf nicht weniger als vierundzwanzig Stunden und nicht mehr als fünf Tage her sein.

Warum weißt du das so genau?

Ich habe nachgeschaut.

Willst du mit mir nach Brighton reisen?

Nein. Es hat mich bloß interessiert.

Wozu, wenn wir nicht nach Brighton fahren?

Weil mir dein England-Fimmel slightly auf die Nerven geht. Ich frage mich, wie hast du es jemals auf dieses geheiligte Territorium geschafft?

Du möchtest wissen, wie ich reingekommen bin?

Ja.

Vielleicht musste ich gar nicht rein?

Du bist Engländer???

Das habe ich nicht gesagt.

Dann bist du so sehr Engländer, wie du Schlittenhund bist?

Ich bin Weltbürger.

Ach.

Das kannst du vielleicht nicht nachvollziehen, aber ich lehne diesen nationalistischen Unfug ab.

Wieso sollte ich das nicht nachvollziehen können? Ich lehne ihn doch selber ab.

Ich habe manchmal den Eindruck, dass es dir an Weltläufigkeit fehlt.

Auch wenn das stimmen sollte, muss ich doch deswegen nicht nationalistisch sein.

Na gut, aber du scheinst mir recht verwurzelt in deinem kleinen Biotop.

Mag sein, dass ich das bin. Aber ich bilde mir nichts auf meine Wurzeln ein. Ich lehne Lebewesen aus anderen Biotopen nicht ab. Jedenfalls nicht deshalb, weil sie aus anderen Biotopen kommen. Ich teile mein Biotop mit Menschen aus anderen Biotopen. Bei dir bin ich mir da nicht so sicher, Lord Tralala.

Wenn ich behaupten würde, ein Lord zu sein, dann würde er bestimmt nicht Tralala heißen.

Im Übrigen lasse ich mir den Vorwurf der mangelnden Weltläufigkeit nicht länger gefallen. Auch ich bin herumgekommen in der Welt. Vielleicht, wer weiß, mehr als du.

Weltbürger haben kein Heimatland. Hast du eins?

Ich habe mein Biotop. Das nenne ich Heimat. Eigentlich

habe ich mehrere Heimaten. Die liegen aber nicht im selben Land.

Na ja, so geht's mir auch. Tea Time ist überall, wenn man nur will.

Das klingt leider verdammt kolonialistisch.

Na und? Du bist der Gutmensch. Ich bin bloß ein Hund, der dringend einen Snack braucht.

Wenn du dich endlich entschließen könntest, einen unsympathischen alten Zausel zu beerben, müsstest du nicht mehr den ganzen Tag vorm Computer sitzen und Menschen erfinden.

Du meinst, es liegt an meiner Sturheit, dass ich nicht vermögender bin?

Ja, schon. Irgendwie.

Irgendwie gilt nicht. Präzisiere das Wie. Wie soll ich einen Zausel auftun, der sich dringend wünscht, mir sein Vermögen zu vermachen?

Das ist dein Problem. Jede ist ihres Glückes Schmied.

Ach ja, das sage ich auch immer: Wer in den Favelas sitzt, lehnt es ab, sich sein Glück zu schmieden.

Schon mal was von Eigenverantwortung gehört?

Du meinst, man landet aus Verantwortungslosigkeit in Elendsvierteln?

Du sitzt nicht in einem Elendsviertel.

Ich rede ganz allgemein. Vom Schmieden des Glücks und so.

Was ist die Alternative? Du lässt dein Glück von anderen schmieden?

Schon mal was von sozialer Verantwortung gehört?

Was denn, plädierst du für einen Nanny-Staat? Pampers für jeden und eine Hand, die dich gängelt?

Unsinn. Es geht nicht darum, den Hintern gewischt zu kriegen. Ich plädiere für einen Staat, in dem alle ihr Auskommen haben. Niemand soll betuchten Zauseln dafür um den Bart gehen müssen.

Hach, du mit deinem Verteilungsgequatsche. Nimm mal an, du hast einen Hunderter zur freien Verfügung. Und die Wahl, ihn in einen Pullover zu investieren, der dir ins Auge sticht, oder ihn einem Bedürftigen zu geben, der gerade seinen Hut aufhält. Was tust du? Ich bitte um eine ehrliche Antwort.

Na ja, wenn die bedürftige Person meine alleinerziehende Nachbarin ist –

Ist sie nicht.

Also, bestimmt gebe ich einem Unbekannten nicht so einfach einen Hunderter.

Nein, nein, du kennst die Person. Aber sie ist dir furchtbar unsympathisch. Trotzdem braucht sie Geld.

Sie ist mir unsympathisch?

Ja, total.

Dann tendiere ich eventuell dazu, mir den Pullover zu kaufen.

Siehst du.

Was sehe ich?

Du bist gar nicht so gut, wie du immer tust.

Genau. Deswegen bin ich ja dafür, dass Sozialleistungen nicht vom Wohlwollen privater Gönner abhängen. Eins zu null für mich, mein Lieber.

Kriegen wir Besuch?

Mein Sohn kommt.

Mit seiner Freundin? Der, die zu Weihnachten da war?

Nein. Allein.

Schuft!

Beruhige dich, er kommt nur für zwei Tage, weil er hier zu tun hat. Seine Freundin hat selber einen Job, die kann nicht einfach mitfahren.

Ach so.

Warum warst du denn gleich auf hundertachtzig?

Ich möchte nicht, dass man sie schlecht behandelt.

Tut niemand. Aber warum bist du so besorgt?

Ich fand sie nett.

Ich ja auch. Aber dass du dich gleich so aufpudelst –

Ich PUDLE mich nicht auf.

Ja, schon gut. Also, was steckt dahinter?

Warum muss was dahinterstecken? Kann ich einen netten Menschen nicht einfach nett finden?

Könntest du. Aber ich kenne dich. Deine Begeisterung hat Gründe.

Ich sage nichts.

Hat sie dich bestochen?

Das ist ein hässliches Wort.

Ein Wort für einen hässlichen Tatbestand. Sag schon.

Ich drücke es so aus: Sie hat mich im Gegensatz zu euch anderen nicht leer ausgehen lassen, wenn ihr alle um den Tisch gesessen seid und euch den Bauch vollgeschlagen habt. Du merkst hoffentlich, dass ich auf das W-Wort verzichte.

Was hat sie dir zugesteckt?

Kleine Häppchen.

Wovon?

Von diesem und jenem.

Wieso habe ich nichts bemerkt?

Sie hat es sehr geschickt gemacht.

Da bin ich jetzt aber sauer.

Mach kein Drama draus.

Doch, wirklich. Ich hab es nicht gern, wenn man mich hintergeht.

Übertreib nicht so. Wegen der paar Bissen!

Sie hat mein Vertrauen missbraucht.

Pfff!

Das tut man nicht. Das war ein versteckter aggressiver Akt gegen mich. Hat sie dich JEDES Mal gefüttert, wenn wir bei Tisch gesessen sind?

Sie hat mich nicht „gefüttert". Das waren Titbits. Winzigkeiten. Winzige Aufmerksamkeiten.

Sie hat sich hinter meinem Rücken bei dir eingeschleimt.

Wärst du mit jedem Gast so streng? Oder regst du dich

nur auf, weil sie's dir sowieso nicht recht machen kann?

Das reicht! Du willst mich auch noch zur bösen Schwiegermutter stempeln? SIE hintergeht mich und ICH bin die Böse?

Sei ehrlich.

Ja, vielleicht bin ich in diesem Fall besonders empfindlich. Ich habe sie quasi als Ehrengast behandelt, und dann das.

Als Ehrengast? Echt?

Ich habe laktosefreies Kaffeeobers für sie gekauft. Ich habe ihr morgens extra Kaffee gemacht, weil sie als Einzige keinen Tee getrunken hat. Ich habe für die Peperonata, die sie sich gewünscht hat, jede einzelne verdammte Paprikaschote gehäutet, wie es sich gehört.

Überleg mal: Vielleicht wollte sie sich ja bei DIR einschleimen.

Indem sie hinterrücks –

Indem sie MEIN Herz gewinnt.

Das ist eine ziemlich kühne Interpretation.

Aber eine, die dir schmeichelt.

Also –

Wenn du die Wahl hast zwischen einer Interpretation, die dich ärgert, und einer, die dir schmeichelt, entscheide dich für die schmeichelhafte. Alte Pfadfinder-Weisheit.

Jetzt warst du auch noch Pfadfinder? Nein, antworte nicht.

Halt! Bleib stehen! Lass dir die Pfoten abputzen.

Was für ein demütigendes Ritual. Disgusting.

Blödsinn. Deine Pfoten sind gatschig, ich will nicht, dass du den Dreck in der ganzen Wohnung verteilst. Das weißt du doch schon.

Ja, und ich finde diese Abwischerei jedes Mal wieder erniedrigend.

Ich finde es erniedrigend, hinter dir herputzen zu müssen.

Musst du ja nicht. Das bisschen Schmutz verteilt sich.

Ich mag auch verteilten Schmutz nicht.

Weißt du, wie man das nennt, was du hast? Putzfimmel. Du bist eine von diesen putzwütigen Hausfrauen, die überall gefährliche Keime entdecken. Ist dir klar, dass übertriebene Hygiene krank machen kann?

Übertriebene vielleicht. Ich übertreibe aber nicht.

Du hältst Gästepantoffeln bereit!

Also, wenn es draußen nass und gatschig ist, so wie jetzt, bin ich ganz froh, dass alle, die auf Besuch kommen, die Schuhe ausziehen.

Na bitte.

In den skandinavischen Ländern ist das ganz selbstverständlich.

Wir sind aber nicht in Skandinavien. Hierzulande gilt es als kleinkariert.

Ja, leider.

Was ich sage. Du bist bakteriophob.

Oder du bist ein Schmutzfink.

Das ist wieder typisch Mensch! Immer, wenn ihr nicht weiterwisst, veunglimpft ihr Tiere.

Oh, ich weiß weiter. Aber okay, nichts gegen Finken. Warum, Herrgott, soll es pathologisch sein, wenn man nicht wild auf Straßendreck in der Wohnung ist? Hat Straßendreck irgendwelche versteckten Qualitäten, die ich nicht erkenne? Und sind die Skandinavier, die ihre Schuhe ausziehen, psychisch auffälliger als die Amis, die sich mit Straßenschuhen sogar aufs Bett werfen?

Was stellst du mir so viele Fragen? Ich weiß nur, dass ich mir die Pfoten nicht abwischen mag und dass ich damit in zahlreicher Gesellschaft bin.

Ja, vor allem in der Gesellschaft von rücksichtslosen Mannsbildern, denen es komplett wurscht ist, ob man Straßendreck in Wohnungen schleppt, weil sie davon ausgehen, dass ihn irgendein Frauenzimmer schon wegwischen wird.

Ah, eine neue Verschwörungstheorie!

Es ist doch auffallend: Immer, wenn Frauen etwas ungern tun, von dem Männer und Kinder gerne hätten, dass sie es gerne tun, hängt man ihnen eine psychische Störung um. Wenn sie nicht putzen wollen, stimmt etwas nicht mit ihnen, und sobald sie putzen, haben sie einen Putzfimmel.

Von mir aus müsstest du nie putzen. Nie!

Da glaube ich dir. Wir haben offenkundig unterschiedliche Schmerzgrenzen in Sachen Schmutz.

Das stimmt.

Ich kenne dieses Phänomen. Es erleichtert das Zusammenleben nicht.

Da weise ich doch dezent darauf hin, dass dein Michael eine ausgesprochen hohe Toleranz gegenüber Bröseln auf dem Fußboden hat.

Ich weiß. Immerhin hab ich ihm angewöhnt, Hausschuhe zu tragen.

Was wieder einmal zeigt, dass er ein rückgratloser Wicht ist.

Pass auf, was du sagst!

Schätze, du bist froh, dass er jetzt in Boston bröselt statt hier?

Seine Schlamperei vermisse ich nicht, das ist richtig.

Im Ernst: Hast du gedacht, Hunde machen weniger Dreck als ein schlampiges Mannsbild?

Ich kenne Hunde, die bleiben einfach an der Tür stehen und warten, bis man ihnen die Pfoten abgewischt hat.

Kriecherische Kreaturen.

Manchmal frage ich mich – he, was wird das?

Na, komm – wer ist stärker? Schnapp dir den blöden Putzfetzen und wir kämpfen drum! Los!

Ich! will! nicht! kämpfen!
Spielverderberin.
Bakteriophobe Spielverderberin, oder?

Die arme, arme Frau!

Wer?

Deine Freundin. Die wir eben getroffen haben.

Wieso ist sie arm?

Na, was ihr alles wehtut. Das Knie. Der Rücken. Die Schulter. Die Daumen sogar.

Na ja, das tut mir alles auch weh. Von Zeit zu Zeit.

Aber bei ihr ist es ein Dauerzustand. Sagt sie.

Ja. Sagt sie.

Das ist alles, was dir dazu einfällt?

Sie schwebt nicht in Lebensgefahr.

Nein, aber die vielen Ärzte, zu denen sie gehen muss!

Sie muss ja nicht.

Du nimmst Gesundheitsvorsorge nicht ernst?

Doch. Ich gehe zu allen nötigen Kontrollen.

Aber zu keinen Behandlungen.

Ich habe Glück. Ich brauche selten welche.

Darauf bist du stolz?

Nein, überhaupt nicht. Ist ja kein Verdienst. Ich bin froh darüber, das ist alles.

Das kannst du auch sein! Aber deine arme Freundin: von einer Therapie zur anderen. Was hat sie noch mal alles aufgezählt? Massage, Akupunktur, Kino- … hilf mir.

Kinesiologie.

Richtig. Und was noch?

Was weiß ich? Ich hab den Überblick verloren. Sie lässt jedenfalls nix aus. Von Bioresonanz und Aromenschnüffeln bis zu Schattenboxen mit Klangschalen oder so.

Was ist Schattenboxen mit Klangschalen?

Was weiß ich? Hab's grad erfunden. Vielleicht sollte ich es propagieren und dafür kassieren.

Warum bist du denn so … so –

Empathielos?

Richtig.

Ach, weißt du, ich finde, sie übertreibt einfach. Der ganze Aufwand für die paar Wehwehchen, das steht doch in keinem Verhältnis.

Wehwehchen?

Vielleicht tue ich ihr Unrecht. Vielleicht aber auch nicht. Sie lebt anscheinend in der Vorstellung, dass ihr Körper zu funktionieren hätte wie der einer Zwanzigjährigen. Wenn man das glaubt, ist man arm. Weil er das nämlich nicht tut, der Körper.

Na ja, kommt darauf an, ob MAN etwas für IHN tut.

Trotzdem. Die Frage ist doch, was man erzwingen kann und was nicht.

Und die Antwort lautet: Finde es heraus.

Vielleicht will ich es gar nicht so genau wissen.

Hm.

Wenn meine Daumen beim Gläseröffnen streiken, nehme ich ein Werkzeug zu Hilfe.

Aber wäre es nicht toll, wenn sie wieder funktionieren würden wie bei einem Teenager?

Wäre es. Werden sie aber nicht. Meine Freundin kriegt ihre Jugend ja auch nicht zurück.

Du kapitulierst?

Ich kapituliere vor der Tatsache, dass ich nicht mehr zwanzig bin. Ist gemütlicher.

So gemütlich wie letztes Mal, als du vor Kreuzweh kaum aus dem Bett kriechen konntest?

Da bin ich ja auch gleich zur Physiotherapie gekrochen! Und seitdem mache ich jeden Morgen meine Fitnessübungen, falls es dir noch nicht aufgefallen ist.

Doch. Sportlich ist anders. Aber bitte.

Egal. Ich mache sie, aber ich rede nicht darüber. Was mir auf die Nerven geht, ist ihr ständiges Gejammer. Sie hat von nichts anderem gesprochen. Kaum habe ich das Thema gewechselt, ist sie auch schon wieder zu ihren Bandscheiben zurückgekehrt. Wie in dem Witz mit dem Elefanten und den Würmern. Kennst du den?

Nein.

Der geht so: Ein Student tritt zu einer Zoologie-Prüfung an, hat aber nichts anderes gelernt als die Würmer. Als er eine Frage über Elefanten kriegt, antwortet er: „Die Elefanten haben einen wurmartigen Rüssel. Die Würmer teilt man ein in ...“ So ähnlich ist es mit ihr. Ich frage: Wie war's im Konzert? Und sie sagt: Also, die Sessel im Konzerthaus sind dermaßen unbequem, ich konnte kaum sitzen, es war eine Tortur!

Ja, ich hab's gehört.

Ich wollte aber verdammt noch mal wissen, wie das Streichquartett gefiedelt hat!

Ich werde sowieso nie verstehen, warum ihr dauernd sitzt, statt zu liegen. Kann mir vorstellen, dass einem so was den Musikgenuss verdirbt. Wobei ich auch nie verstehen werde, worin der Genuss besteht bei eurer Musik.

Du bist auf ihrer Seite?

Nein.

Ich hatte den Eindruck.

Geh bitte. Ich bin doch auf deiner Seite.

Ja, ja. Ich glaube dir jedes Wort. Hier.

Danke. So klein und schon ein Leckerli.

Hast du es nicht bemerkt? Du musst es doch bemerkt haben! Warum sagst du denn nichts?

Was soll ich bemerkt haben?

Wie eisern ich mich beherrscht habe.

Wann?

Jetzt gerade.

Du hast dich beherrscht?

Mit überhündischer Kraft.

Weshalb?

Um diesem Trottel nicht zu zeigen, wo Gott wohnt.

Welchem Trottel?

Dem, der an uns vorübergegangen ist. Du musst den doch wahrgenommen haben.

Den Struppi? Mit der blonden Frau?

Die Haarfarbe von der Frau war das Letzte, worum es gegangen ist.

Worum ist es denn gegangen?

Um sein unverschämtes Auftreten.

Der Struppi war unverschämt?

Hast du seinen Blick nicht gesehen?

Nein.

Du bemerkst nie das Wesentliche.

Kann sein. Was war denn das Wesentliche?

Dass ich mich zurückgehalten habe. Obwohl er provozierend geschaut hat. Aber ich habe mich beherrscht. Dir zuliebe.

Danke, ganz reizend. Wäre es auch möglich, dass er gar nicht provozierend geschaut hat?

Wie kommst du darauf?

Für mich hat es so ausgesehen, als wäre er einfach nur an uns vorübergegangen. Desinteressiert.

Das war Verstellung. Camouflage. Hinterfotzigkeit.

Er hat provoziert und gleichzeitig einen auf desinteressiert gemacht?

Ja.

Wie passt das zusammen?

Du machst mich wahnsinnig! Du hast keine Ahnung von versteckten Signalen.

Hätte er nicht wenigstens leise knurren müssen, um zu provozieren?

Was zitierst du da? Ein internationales Abkommen?

Nein. Ich dachte nur.

Ich sage dir: Er war auf Zoff aus. Es ist lediglich deswegen nichts passiert, weil ich so friedfertig war.

Aha.

Obwohl das vielleicht ein Fehler war. Womöglich denkt er jetzt, ich hab mich vor ihm gefürchtet.

Ist doch wurscht.

Wie kannst du so was sagen? Es geht um mein Renommee! Am Ende habe ich mir gerade meinen Ruf ruiniert.

Wir sehen den doch nie wieder.

Was weißt denn du? Der pinkelt vielleicht in diesem Moment die Message an die nächste Hausecke, dass er mich eingeschüchtert hat. Mich!

Das traut er sich nicht. Da wette ich drauf.

Du sagst das nur, um mich zu beruhigen. Schrecklich! Mein ganzes Prestige ist dahin, weil ich mich dir zuliebe gegen jede Vernunft beherrscht habe.

Gegen deine Eitelkeit, meinst du.

Und jetzt bist du auch noch undankbar!

Ich bin ja froh, dass es zu keiner Rauferei gekommen ist. Aber warst du nicht eher schaumgebremst, weil du an der Leine warst?

Habe ich einen Laut von mir gegeben? Meine Zähne gefletscht? An der Leine gezerrt?

Nein.

Das nennt man friedfertig, oder?

Ja, okay.

Ich meine, dass ich mich bis zur Selbstverleugnung beherrschen musste, ist eine andere Sache. Aber nach außen hin war ich total gelassen.

Ja, ich bin stolz auf dich.

Ich war souverän, oder?

Total souverän.

Deswegen kann ich mir eigentlich auch nicht vorstellen,

dass der Typ die Sache falsch eingeschätzt hat. So blöd kann er doch nicht sein. Sogar einer wie der kann souveräne Gelassenheit unmöglich für Feigheit halten.

Nein, da musst du dir keine Sorgen machen.

Ich hätte ihm trotzdem kurz an die Gurgel gehen sollen.

Warum denn, um Himmels willen?

Damit er nicht übermütig wird. Reine Erziehungsmaßnahme. Jetzt glaubt er, er kann ungestraft provokant schauen.

Na und? Wen kratzt es?

So darfst du das nicht sehen. Man hat auch eine Verantwortung seinen Mithunden gegenüber.

???

Er ist ein schlechtes Vorbild für die Jugend. Wie sollen die Welpen Respekt vor anderen lernen, wenn so ein Rüpel ungestraft durch die Gegend laufen darf?

Bist du nicht ein bisschen streng?

Na sicher. Ich bin ein Hund. Hierarchien und so. Sehr wichtig. Du weißt.

Klar. Nicht wie beim Menschen.

Du verarschst mich, oder?

Wohin gehen wir?

Arzt.

Bist du krank?

Nein.

Warum dann?

Äh –

Seit wann darf ich überhaupt mitkommen zu Ärzten?

Gute Frage.

Und?

Ist kein Menschenarzt.

Wir gehen zu einem Tier-… äh, Veterinär?

Genau.

Wozu? Ich bin nicht krank.

Wir gehen zu ihm, damit du nicht krank wirst.

Oh nein! Impfen?

Ja.

Das letzte Mal war ich total fertig nachher.

Warst du nicht. Du hast versucht, Tauben zu jagen.

Innerlich war ich total fertig. Außerdem tut der Stich extrem weh.

Geh bitte.

Und ich habe eine Nadelphobie.

Schon gut.

Nein, wirklich. So was muss man ernst nehmen.

Ein Nadeltrauma? Echt?

Und vor allem stehe ich Impfungen total kritisch gegenüber.

Seit wann?

Seit ich weiß, wie gefährlich sie sind.

Woher weißt du das?

Das ist Allgemeinbildung.

Findet wer?

Die Allgemeinheit.

Nein, nur ein kleiner Teil der Allgemeinheit. Der ist allerdings besonders laut. Vielleicht hörst du deshalb die Stimme der Vernunft nicht.

Du findest es vernünftig, seinen Körper zu vergiften?

Dein Körper wird nicht vergiftet. Er wird nur dazu gebracht, Antikörper zu bilden.

Mein Körper soll sich selbst bekämpfen?

Wie kommst du darauf?

Antikörper: Körper gegen meinen Körper.

Nein, die bekämpfen Viren. Viren, die dich sonst krank machen. Stellst du dich eigentlich absichtlich so dumm?

Ich bin voll fit und gesund. Ein paar Viren können mir nichts anhaben.

Das ist ein kompletter Blödsinn. Noch einmal: Stellst du dich –

Nur Schwächlinge sterben an einer Infektion.

Und die Erde ist eine Scheibe.

Kann gut sein. Außerdem war ich noch nie krank.

Weil du geimpft bist.

In meiner Streunerzeit auch nicht –

Du wurdest als Junghund geimpft, oder?

Ja, aber ich habe mich tapfer gewehrt. Ich wette, der Tierarzt erinnert sich genau an mich.

Vermutlich hat dein Impfschutz in deiner Streunerzeit noch gewirkt.

Du willst mich mit allen Mitteln auf die dunkle Seite der Wissenschaftsgläubigen ziehen!

Ich pack einfach nicht, was du daherschwurbelst.

Verwende nicht solche Wörter! Wir Kreuz- und Querdenker sind sehr sensibel.

Ich bin langsam versucht zu sagen: Dann krieg halt Staupe. Mir doch wurscht.

Na bitte.

Es ist mir aber nicht wurscht. Ich habe nicht die geringste Lust, dieses Risiko einzugehen.

Ist doch nicht DEIN Risiko.

Doch. Auch. Du würdest krank werden und sterben und ich müsste dir dabei zusehen.

Du möchtest keine Kranken im Haus?

Wenn es sich vermeiden lässt.

Ganz schön egoistisch.

Egoistisch wäre es, wenn ich sagen würde: Sobald du krank wirst, schmeiße ich dich hinaus.

Tust du nicht?

Natürlich nicht.

Du würdest dich grämen, wenn ich – du weißt schon?

Ja. Sehr.

Warum?

Das frage ich mich langsam auch.

Falsche Antwort.

Okay. Ich würde dich vermissen.

Du meinst, ich erweise dir einen Gefallen, wenn ich mich impfen lasse?

Unbedingt.

Na schön. Vielleicht lasse ich mich. Dir zuliebe.

Ich bin gerührt.

Ich möchte allerdings festhalten, dass ich kein Schwächling bin.

Kannst du endlich aufhören mit diesem kranken Machogequatsche?

Schon zerstörst du alles wieder.

Na, ist doch wahr. Gleich landen wir bei der natürlichen Auslese. Und ich muss dich dann doch hinauswerfen. Aus politischen Gründen.

Was hast du? Die Natur ist grausam.

Legst du es auf einen Hinauswurf an?

Nein. Soll ich mich nun impfen lassen?

Ja!

Darf ich den Tierarzt beißen?

Nein!

Du bist so angepasst.

Halt! Hör auf! Spuck das sofort aus! Pfui Teufel, was hast du da gefressen?

Das willst du nicht wissen.

Igitt. Warum machst du so was?

Was?

Grausliche Sachen fressen.

Ich finde sie nicht grauslich.

Ja, ich weiß. Leider.

Ganz im Gegenteil finde ich Sachen, die du grauslich findest, meistens ganz besonders köstlich.

Ja, ja, schon gut. Hör jetzt auf, ich mag es mir nicht vorstellen.

Wenn du mich erwischt hättest, hättest du mir den Leckerbissen, den ich gerade verschlungen habe, aus dem Schlund gezerrt. Stimmt's?

Ja, vermutlich.

Warum machst du so etwas?

Weil ich Angst habe, dass du etwas frisst, das dich krank macht.

No risk, no fun.

Und weil es mich schüttelt vor Ekel, wenn ich deine Leckerbissen sehe.

Wozu zerrst du sie mir dann aus dem Hals? Damit du sie ein zweites Mal siehst?

Und weil du aus dem Maul stinkst, wenn du stinkendes Zeug frisst.

Ich stinke sowieso aus dem Maul. Ich bin ein Hund. Hunde riechen nicht nach Rosen und Veilchen.

Und weil es beleidigend ist, wenn du alles in dich hineinfrisst, was so herumliegt. Als wärst du halb verhungert.

Das stimmt nicht. Wenn du wüsstest, was ich alles NICHT fresse.

Oh doch, ich weiß es. Erst heute früh bist du vor dem Futter in deiner Futterschüssel zurückgeschreckt, als wäre es das pure Gift.

„Antik-Lachs und Freilandhuhn“ –

Atlantik-Lachs.

Wie? Ach so. Auch nicht besser. Atlantik-Lachs und Freilandhuhn – wer's glaubt! Die schreiben doch drauf, was sie wollen.

Der Preis war Atlantik-Lachs, handgefischt. Sozusagen.

Ich brauch das nicht. Du wirfst dein Geld sinnlos zum Fenster hinaus.

Diesen teuren Mist kaufe ich eh nicht mehr. Aber das ist kein Grund, widerlichen Abfall zu fressen.

Ich fresse keinen widerlichen Abfall, sondern ausgesuchte Delikatessen.

Deine Delikatessen sind widerlicher Abfall.

Du könntest dein Geschmacksspektrum ruhig erweitern.

Ach ja.

Wer nichts isst, was er nicht kennt, ist ein beschränkter Depp, dem viel entgeht. Hast du erst neulich gesagt.

Da ging es um koreanische Teigtaschen und nicht um durchgekaute Wurstreste. Jedenfalls hoffe ich, dass das, was du gerade verschlungen hast, bloß ein durchgekauter Wurstrest war.

Du musst ja nicht alles kosten, was mir schmeckt. Du musst nur respektieren, dass es MIR schmeckt.

Nein, muss ich nicht.

Ach, warum?

Wir leben in einem gemeinsamen Haushalt. Da ist Rücksicht angesagt. Ich mag nicht mit einem zusammenwohnen, dem ekelerregende Substanzen zwischen den Zähnen hängen.

Du würdest deinen Haushalt auch mit keinem MENSCHEN teilen, der fremde Ernährungsgewohnheiten hat?

Kommt drauf an, wie fremd.

Nehmen wir an, er nascht kandierte Insekten.

Du meinst, die liegen dann in meiner Küche herum? Nenn mich engstirnig, aber ich glaube, das hätte ich nicht so gern.

Du weißt aber schon, dass das die Zukunft ist?

Was?

Insekten, Käfer, Würmer als Snacks. Dein Schnitzel ist Geschichte.

Wieso MEIN Schnitzel? Ich mach mir nicht so viel aus Schnitzel. Meine Zukunft ist vegetarisch.

Meine nicht. Damit das klar ist.

Du weißt, dass es Menschen gibt, die sogar ihre Hunde vegan ernähren?

Ja? Man sollte sie verhaften.

Ich will damit nur sagen, dass du es gut getroffen hast mit mir. Ich würde dich nie vegan ernähren, nicht einmal vegetarisch.

Of course. Was riecht hier so?

Mein Camembert.

Na schau, du verstehst ja doch was von Delikatessen. Gib schon her.

Ich kritisiere dich ja nicht gern –
Seit wann?
– aber ich finde, du könntest ruhig etwas dankbarer sein.
Wofür?
Dafür, dass ich dir unverbrüchlich zur Seite stehe.
Tust du das?
Natürlich. Ich stehe dir bei und halte zu dir.
Warum merke ich davon so wenig?
Weil ich nur sagen kann, was du mir in den Mund legst. Ich reagiere, wie du es erwartest.
Ich erwarte Widerborstigkeit?
Offenbar.
Also bin ich wieder einmal selber schuld?
Ich rede nicht von Schuld.
Sondern?
Veranlagung. Programmierung.
Ich bin darauf programmiert, Widerborstigkeit zu erwarten?
Offenbar. Und du bist darauf programmiert, in jeder harten Schale einen weichen Kern zu vermuten. Deshalb hast du so viel Geduld mit harten Schalen. Zu viel Geduld.
Danke für die Info, aber dass sich in einem ungehobelten Äu-

ßeren oft nichts anderes verbirgt als ein ungehobelter Kerl, weiß ich schon.

Trotzdem. Du solltest das hinterfragen.

Was?

Dass dir die Taffen so imponieren.

Du denkst, du imponierst mir?

Na ja. Ja.

Ich werde dich umschreiben. Neu schreiben. Ab jetzt lege ich dir nur noch Schmeicheleien in den Mund. In die Schnauze. Dann wirst du sehen, wer hier das Sagen hat.

Zu spät.

Sei dir nicht so sicher.

Es macht doch nix. Lass mich doch, wie ich bin. Wie gesagt: Ich bin dein Ritter. Ich halte zu dir. Ich knurre jeden an, der dir blöd kommt. Ich fletsche die Zähne. Ich pinkle ihm ans Bein –

Nein, halt! Hör auf. Das will ich alles nicht.

Siehst du. Und deswegen merkst du nicht, dass ich auf deiner Seite bin.

Du hast es mir ja jetzt gesagt.

Genau. Wenigstens.

Was hältst du von einem Trip nach Merry Old England?

Warum fragst du?

Ich denke mir, ich bin dir das vielleicht schuldig.

Warum?

Weil du so sehr davon schwärmst.

Du bist mir gar nichts schuldig.

Keine Lust?

Ach weißt du, seit die Queen fort ist …

Darf ich darauf hinweisen, dass sie dich auch zu ihren Lebzeiten nicht zum Tee empfangen hätte? Oder irre ich mich?

Darum geht es nicht.

Worum dann?

Es gibt Wünsche, die sollen Wünsche bleiben.

Du möchtest dein England-Bild nicht durch die Realität gefährden?

Wenn du es so ausdrücken willst.

Aber du wirst mich weiterhin mit deiner Schwärmerei für die Briten nerven?

Ein unschuldiges kleines Vergnügen. Gönne es mir doch.

Ich wüßte halt nur gern, warum? Warum schwärmst du ausgerechnet so fürs Britische?

Cherchez la femme.

Wir wechseln ins Französische?

There's a woman behind it.

Ich weiß, was cherchez la femme bedeutet. Es geht um eine Engländerin?

Blanche of Flowering Heights.

So hieß sie?

Ja.

Eine adelige Engländerin?

Sozusagen.

Mit einem blumigen Namen?

Mein Gott, das sind die Züchter, denen so was einfällt. Die können ihre Zucht nennen, wie sie wollen. Glaubst du, ein Hund reißt sich darum, „Bodo vom Prinzenrudel" zu heißen? Oder „Brutus von der grünen Aue"?

Blanche of Flowering Heights war ein Hund?

Ein English Setter. Was dachtest du?

Ich weiß auch nicht. Aber ich hab geglaubt, du magst keine Rasseköter?

Ich muss doch sehr bitten. Mind your language! Ich lehne niemanden wegen seiner Abstammung ab.

Seit wann?

Willst du streiten oder etwas über Blanche erfahren?

Erzähl mir von Blanche.

Wir haben eine wunderbare Zeit miteinander verbracht.

In England?

Nein. Hier. Auf dem Kontinent. Aber Blanche hat mir viel von England erzählt. Sehr viel.

Aha. Und?

Was?

Warst du auch drüben?

Gewissermaßen.

Das ist gewissermaßen keine Antwort.

Ich habe ihr zugehört und es war mir, als wäre ich dort. Sie war eine großartige Erzählerin. Du könntest viel von ihr lernen, wenn ich das sagen darf.

Du darfst nicht.

In meiner Vorstellung habe ich mit Blanche in England gelebt. Dafür müsstest DU doch Verständnis haben.

Könnte ich. Ich könnte aber auch sagen, dein britisches Insider-Getue ist nichts als ein Schmäh.

Ich bin dabei doch überzeugend, oder?

Was ist aus Blanche geworden?

Ihre Menschen sind weitergezogen. Und sie mit ihnen. Wie das so ist.

Weitergezogen? Warum? Wohin?

Diplomatenhaushalt. Nach Costa Rica, glaube ich.

Und du?

Auch weitergewandert. Lonesome.

Hast du sie wiedergesehen?

Nein.

Wie traurig! Hat dir der Abschied nicht das Herz gebrochen?

Ich lebe im Hier und Jetzt. Das weißt du doch.

Im Hier und Jetzt und in einem England, wie Blanche es dir beschrieben hat.

Wenn du meinst.

Das ist rührend.

Du weißt, was passiert, wenn du rührende Geschichten über mich verbreitest?

Du machst mich um einen Kopf kürzer?

Erspare es mir.

Übrigens –

Ich höre.

Da ist wahrscheinlich was dran an deiner These, dass mir die Taffen imponieren.

Ja, klar.

Ich habe nachgedacht. Es könnte mit meiner Vaterbeziehung zusammenhängen –

Entschuldige, wenn ich dich an dieser Stelle unterbreche. Aber nichts ist mir wurschter als deine Vaterbeziehung.

Siehst du, das meine ich.

Was?

So möchte ich sein können. So rüde.

Kannst du nicht?

Nein. Und deswegen lasse ich dich rüde sein. Stellvertretend.

Verstehe.

Und übrigens –

Ja?

Du imponierst mir nicht. Aber ich beneide dich. Manchmal.

Oft!

Immer wieder.

Eines Tages werde ich dich verlassen, sagte der Hund.

Warum das?, fragte ich.

Das ist der Lauf der Dinge.

Es könnte auch umgekehrt sein.

Eher nicht.

Fühlst du dich krank?

Nein. Aber ich bin nicht der Jüngste.

Ich bin doch auch nimmer jung.

Trotzdem. Es wäre besser so.

Keine Sorge. Falls ich den Löffel abgebe, nimmt dich mein Sohn. Das ist ausgemacht.

Ich habe nichts gegen deinen Sohn.

Aber?

Ich möchte nicht mit ihm leben.

Kannst du bitte aufhören, diese Endzeitstimmung zu verbreiten?

Beruhige dich.

Du machst mich traurig.

Das möchte ich nicht. Im Gegenteil.

Im Gegenteil – wie denn?

Glaubst du an Seelenwanderung?

Nein.

Solltest du aber.

Wozu?

Du könntest dir dann vorstellen, dass du mich in einer anderen Gestalt wieder triffst. Wenn ich einmal weg bin.

Ich soll dann nach einem Hund suchen, der mich an dich erinnert?

Hund? … Nein, ich glaube, als Hund möchte ich einzigartig bleiben.

Was sonst?

Vielleicht sitzt eines Tages eine stolze, große Katze vor deiner Haustür.

Mit deiner … Seele?

Du solltest sie hereinlassen.

2. Auflage
ISBN 978-3- 218-01412-0

Cover und Satz: Sophie Gudenus
Cover-Illustration: S. R. Ayers. *Auflage*
Illustrationen im Buchinneren: Nenilkime/freepik Lektorat: Barbara Köszegi
Herstellungsleitung: vielseitig.co.at
Druck und Bindung: Florjančič tisk d.o.o., Slovenia

Gedruckt mit freundlicher Unterstützung der Abteilung für Kunst und Kultur des Landes Niederösterreich

KULTUR
NIEDERÖSTERREICH